上
職業演員的操守
Ethics for Professional Actor
Author
林
illustrator
ALOKI

演員的職業操守一：入圍就是肯定……個屁

一年一度的金影獎是國內電影圈眾所矚目的盛事，頒獎典禮上星光閃耀、熱鬧非凡，圈內的投資方、製作方，以及演員們都獲邀出席。

上千名盛裝打扮的男男女女齊聚一堂，各個從容優雅、氣度不凡，就算是裝的也不能落了下風，畢竟那麼多台攝影機對著他們，出了洋相可是會鬧笑話。

宣布完新任影帝後不久，一名穿著高訂白西裝的男星低調離席，那人嘴角帶笑，身姿挺拔。

典禮工作人員見狀立刻過來詢問：「祁哥，有什麼需要嗎？」

「洗手間。」

「這邊的門出去後，右轉就會看到標誌了，還是我爲您帶路？」

「不用了，謝謝。」男星禮貌地道謝，邁開長腿不急不徐走出頒獎典禮會場，穿過長廊來到場館內的廁所。

廁所裡寬敞明亮，暖黃色的燈光讓人心情放鬆，空間以玻璃磚牆區隔爲內外兩區。靠近出入口這一區設有洗手臺和鏡子，可以在此補妝、整理儀容，另外還有休息室，靠內側那區才是解決生理需求的地方。

以低調奢華作爲裝修風格的廁所裡隱約可以聽見舞臺傳來的聲音，典禮進行到高潮，當紅歌手正賣力唱著幾部知名電影的主題曲，眾人引頸期盼的新任影后即將出爐。

看著空無一人的廁所，穿著白西裝的男星鬆了一口氣，褪去營業用的笑容，臉上透出些許疲憊和厭煩，就近找了張椅子坐下，他只是想找個沒有鏡頭的地方透透氣。

祁洛郢三度入圍最佳男主角，最後都與獎項擦身而過已經夠慘了，他不想繼續待在座位上，爲了維持風度假裝不在意。

他十五歲出道即以電視劇《對月長歌》中吳缺一角打開知名度，實力與外型兼具的他迄今演員資歷已邁入第十年，橫跨小螢幕和大螢幕，演出過多部叫好也叫座的作品，也拿過最佳新人獎和幾個配角獎項，無奈獨缺最佳男主角獎。

祁洛郢拿出手機，打開自己的官方社群，最新一則貼文是經紀人代他發的。那是一張他今晚走紅毯的照片，搭配的文字是：

「金影獎，我來了。」

下方留言是他的粉絲對他的鼓勵，其中也參雜著不看好他的冷嘲熱諷。

喜歡他的粉絲很多，討厭他的黑粉也不少。

這些黑粉有的是看不慣他曝光度太高、頻繁出現在各媒體，有的是早些年他說話太直接，無意間得罪人所致，也有單純爲了黑而黑的。他曾經試圖向黑粉解釋，但常常適得其反，最後便被經紀人禁止回應此類言論。

經紀人總說：「不紅的人才沒有黑粉。」讓他少看網路留言，不要把黑粉的話放在心上。

近幾年，祁洛郢的官方專頁貼文幾乎都是經紀人發的，內容不外乎工作宣傳、商業合作、媒體曝光等，雖然文章制式又冷硬，但至少不容易出大問題。

自從祁洛郢減少發文後，他默默轉爲旁觀者，看著粉絲爲他加油打氣，也看著黑粉指著他無端謾罵。

祁洛郢拿著手機繼續往下滑，前一則貼文是公布入圍名單的那天，內容寫著：

「入圍就是肯定。」

配圖則是他入圍電影的劇照。

入圍就是肯定？

如果是祁洛郢自己發文，他絕對不會寫這種假惺惺的話。

誰入圍是想陪榜的？祁洛郢才不信其他入圍者不想拿獎。

這句話是安慰沒得獎的人用的……好吧，現在就是安慰他用的，但這句話對入圍三次的他已經沒有效果了。

忽然，他訂閱的娛樂新聞傳來通知，是關於新任影帝的報導，祁洛郢隨手點開網頁最下面的評論區。

「猜錯了，我以為這次會是祁洛郢。」

「祁洛郢還年輕，不急，另外四個入圍者年紀都比他大。」

「給樓上，我以為金影獎的評選標準是看演技，原來是看年紀嗎？」

「我家祁祁又一次和獎項擦身而過了，心疼（哭）。」

祁洛郢讀到這裡停頓一下，看到粉絲替自己心疼，他的心情稍微好了一點點。

「祁洛郢不就長得帥而已嗎？論演技我還比較喜歡孟卻白在《妳和我的小清新》中的表現，他和于曼曼那場哭戲完全震撼到我了！」

「孟卻白帥是帥，但是太有距離感了。」

「孟萌萌是我男神，高冷是氣質，呆萌才是人設，可愛得不要不要的（尖叫）！」

孟卻白的粉絲為什麼會在影帝的報導下方討論自己的偶像？是不是跑錯棚了？

趁著四下無人，祁洛郢不客氣地翻了個白眼。

祁洛郢知道孟卻白這號人物，他是今年剛出道就瞬間爆紅的新人，以一部校園戀愛電影《妳和我的小清新》橫掃暑假檔期近八成的票房，是目前最有人氣的新生代男演員。他每次受訪時話都不多，經常讓訪問者尷尬、不知道怎麼接話，因而有著高冷男神的稱號。

在祁洛郢看來，孟卻白長相和演技都還可以，但是這些網路群眾拿他的演技和只拍了一部電影的新人比？有沒有搞錯，誰說觀眾的眼睛是雪亮的？

「我看祁洛郢演戲都覺得很尷尬，老是想到當年那個小吳缺，怎麼也無法帶入劇情。」

「老實說，我也有一點，誰叫小吳缺這個角色實在太深植人心了。」

讀到這兩則留言時，祁洛郢心情頗複雜，出道作演得太好是他的錯嗎？已經過去十年了，你們這幾個人就不能遺忘那個角色嗎？

「抱歉，祁祁，我變心了，我現在已經是孟太太了。」

「支持我家萌萌拿影帝！」

「祁洛郢是靠臉吧？演技普普通通，看了十年眞的很膩，支持新面孔多曝光！至於影帝……還有一堆老戲骨還沒拿過呢，祁洛郢慢慢等吧！」

「祁洛郢這幾年賺飽了吧，不缺這個影帝啦！」

「孟卻白潛力無限，今年拿到最佳新人獎實至名歸，兩年後拿影帝不是問題，祁洛郢還是早點洗洗睡吧！」

一輪評論看下來把祁洛郢氣得不輕，他努力精進演技達到接連入圍金影獎的程度，仍有人說他靠臉？而且三次入圍都沒拿獎已經夠鬱悶了，還要被拿來和新人比較，甚至有人說孟卻白演得更好？

簡直沒道理！

「去你媽的！」祁洛郢忍不住踹了旁邊的金屬製垃圾桶一腳，碰撞的轟隆聲響在安靜的廁所裡顯得特別突兀。

祁洛郢的腳有點疼痛，但總算稍稍解氣，沒想到不遠處驀地傳來一陣腳步聲。

有人？

祁洛郢暗罵了一串髒話，隨即換上一副若無其事的表情。

來人身高腿長，穿著一套三件式黑色西裝，俐落的剪裁襯托出他完美的倒三角身材，加上衣服腰線位置設計得宜，讓身形更爲高䠷修長。至於那張臉，最近應該沒有人不認得，眼型深邃、眼尾狹長、五官精緻，舉手投足間帶著一絲貴氣——是孟卻白。

怎麼這麼巧？

孟卻白也很意外，看見祁洛郢後便停下腳步，微微一愣後就沒有別的反應，直接呆立在原地。

祁洛郢坦然迎向孟卻白的目光，揚了揚嘴角，把手機收進口袋，他不想被別人發現自己正在看網路評論。

孟卻白的視線慢慢轉向祁洛郢身旁的垃圾桶，又緩緩轉回祁洛郢身上。

果然被聽到了啊……

祁洛郢並不慌亂，他已經想好藉口，神色自若道：「不小心撞到，看起來沒壞。」

他當然不會承認他踹垃圾桶出氣，更不會對孟卻白解釋原因。

「沒事就好。」孟卻白的聲音似乎天生就帶點冷冽，說話語調不太有起伏，就和他在網路上那些受訪影片一樣，話少且給人一種距離感，臉上也幾乎沒有表情。

祁洛郢起身，禮貌地伸出手，「你好，我想我們大概不需要自我介紹了？」

孟卻白靜靜地凝視那隻手，有些欲言又止，直到他發覺祁洛郢伸出的手晾在半空太久，才說了一句：「我還是先洗過手比較好。」

祁洛郢想起孟卻白剛從廁所出來，自己就趕著上去握手，這場面簡直不能再更尷尬，表情差點失去控制，幸好他是專業演員，演技就是在這種時候救場用的。

只見祁洛郢露出得體的笑容，從容自若地收回手插在西褲口袋裡，姿勢和拍雜誌時沒兩樣，「恭喜你得到新人獎。」

孟卻白沉默了一會，緩緩道：「我不認為評審夠客觀。」

祁洛郢挑了挑眉，沒想到孟卻白抱持這種想法，「評審本來就很主觀。」他隨即意識到兩人僅是初見，不想就此深入多談，背後議論評審傳出去也不好聽，然而他依舊以前輩的角度給了句忠告，「你千萬別在媒體前這麼說，到時候肯定會有人罵你得了便宜還賣乖，而且誰知道那些評審會不會記恨呢？」

祁洛郢拿到金影獎最佳男配角那年，他在訪問時不慎說了句「覺得另一位演員更適合拿獎」，之後祁洛郢入圍金影獎就再也沒拿過獎。雖然他沒辦法證實這兩者間的因果關係，倒是因此被經紀人「教育」了很久。

「謝謝。」

祁洛郢還是感覺自己說得太多了，明明入行十年，已經不是當初那個熱血少年了，怎麼還這麼雞婆？思緒至此，他有些意興闌珊，想結束對話，「那你先忙吧，我就不打擾了。」

「不忙。」

「不是要洗手？」

「這不算忙。」

你聽不出來我在客套嗎？不要這麼認眞回答！

祁洛郢的笑容僵了僵，他忽然理解那些訪問孟卻白的人的心情了。

「我還有事，有機會再聊。」

你不忙，我忙總可以了吧？

祁洛郢的語氣堪稱親切，儘管言下之意是要立刻走人，但因其臉上露出的歉意看起來特別眞切，就算再苛刻的人都不好意思責怪他。至於最後那句「有機會再聊」當然也只是客套，他和孟卻白沒有什麼好聊的，畢竟對方顯然不是一個很好的聊天對象。

語畢，他轉身往外走去。

「等等。」

祁洛郢沒料到會被孟卻白叫住，即便感到意外仍停下了腳步，只是心裡略爲不耐，並猛然想起自己失態踹垃圾桶的事。希望孟卻白不會拿這點小事威脅他，儘管不願這麼想，他依舊升起了戒心。

演藝圈裡因爲雞毛蒜皮的小事就上新聞鬧個幾天的例子太多了，而他因此被黑過的事還不少。

孟卻白是想要媒體的曝光資源？還是要他讓出哪部戲的角色？或者假裝兩人是好朋友互炒熱度？

祁洛郢壓下心中幾個頗爲陰暗的推論，轉身對孟卻白歉然一笑，「如果垃圾桶有什麼損壞我會照價賠償，今天的事——」

「你在《夏日的丘壑》裡演得很好。」孟卻白逕自打斷祁洛郢的話，漆黑有神的雙眼定定望著祁洛郢。他的表情沒有多大變化，語氣依然淡漠，吐出的字句平鋪直敘，偏偏這樣反而讓人更相信他說的都是真心話。

嗯？孟卻白在安慰他？

此外，這是祁洛郢今晚聽見孟卻白說過最長的句子。這個人高冷到上臺領新人獎時都只說了「謝謝大家」，現在竟然用「高達」十二個字安慰他？

「謝謝。」祁洛郢怔愣數秒，隨即淺笑著道謝，態度上挑不出任何毛病。最後他深深看了眼孟卻白一眼，開門離去。

祁洛郢關上門後，用手指鬆了鬆領結，深呼吸一口，打算把廁所裡發生的事情忘掉。

他還沒淪落到需要新人鼓勵的地步。

場內傳來頒獎音樂和觀眾的喝采聲，新任影后出爐了，是一位入圍多次的實力派女演員，今年她總算得償所願。

祁洛郢所在的走廊邊掛著個螢幕，畫面正是頒獎典禮的現場直播，看著那寬闊的舞臺、隆重的排場，以及攝影機故意掃過的一張張刻意維持風度的臉，他突然一陣煩躁。

如果他現在回到位子上能做的不外乎恭喜得獎者、裝作對沒得獎不在意，然後應付一些圈內人的同情安慰或者假借調侃實為諷刺的玩笑，再被媒體追問三度落馬的心情……

祁洛郢知道自己能完美應對這些狀況，前年沒得獎時他就是這麼做的，然而今年他不想再做一次了。

他學表演是因為興趣，不是為了在這種時候強顏歡笑。

頒獎典禮的會場在走廊左手邊，祁洛郢選擇往右手邊走。

祁洛郢察覺他身上的正裝實在惹眼，於是邊走邊脫掉西服外套，解開領結收進口袋，接著撥亂頭髮，讓略長的瀏海垂下，能遮多少是多少，希望不要太引人注目。

再半個月就到年末，此時外頭的氣溫早就降到十二、三度，今晚還飄著小雨，偶爾吹來的風都冷得像針扎似的。

但是祁洛郢顧不上了，參加頒獎典禮的他不可能隨身攜帶換穿衣物，既然要偷溜就更不可能聯繫助理。反正現在手機能叫車，等待時間不過才幾分鐘，他自認身強體壯，不至於因此就感冒。

由於典禮尚未結束，媒體都還在場內，無人注意到有一位明星從後門出來。

祁洛郢低著頭行色匆匆，迅速搭上一輛計程車離開會場。

計程車司機年紀大，平常不看劇、不追星，雖然懷疑自己載到了明星，可是看著後座的帥哥一上車就閉目養神，不像有談興的樣子，只好識相地閉嘴。沒多久，車子停在一棟市區高級住宅大樓前。

祁洛郢付了錢，環視四周，見沒有可疑人物就下車，健步如飛地走進建築。

「祁先生，歡迎回來。」大廳櫃檯裡穿著制服的管家禮貌地打招呼。

祁洛郢點頭微笑道了聲辛苦了，便走向電梯。

這棟大樓的好處是管理森嚴，大廳管家和警衛認得每一位住戶，閒雜人等不易混入。然而優點同時也是缺點，祁洛郢有時趕時間，沒空回應他們時，心裡不免感到不好意思。

回到公寓關上家門，祁洛郢才有眞正放鬆下來的感覺。

這套高級公寓位於十二樓，是祁洛郢三年前買的，裝修風格也是他決定的。客餐廚採開放式設計，整體明亮簡潔，沒有多餘的隔間和繁複的裝飾，以白色爲主，點綴藍灰和煙灰，內斂而優雅。

過慣了演藝圈五彩斑斕的生活，他反而希望家中裝潢能簡單點，儘管一整年裡他通常有一半以上的時間在外地拍戲不會回來。

客廳擺著一套L型進口沙發，手工全牛皮，雖然昂貴，但質感很好，看上去沉穩大器，躺著也很舒服。

沙發另一側是整面的落地玻璃窗，祁洛郢經常半坐臥在沙發裡，只開著點綴氣氛的吊燈，倒一杯酒，欣賞窗外的夜景放鬆心情，特別愜意。

祁洛郢隨手把西裝外套掛在沙發椅背上，拿出手機擱在茶几上，坐進沙發裡，解開襯衫領口和袖口的釦子，朝音響按下遙控器，輕柔的鋼琴曲隨即流瀉而出。

剛坐下不久，手機鈴聲就響起，祁洛郢看了一眼，是助理阿佑。

他收回目光，沒接電話，轉而把音樂音量調大。

手機鈴聲響了很久才斷掉，斷掉不到一秒立刻又響了，來電者仍是阿佑。

祁洛郢伸手拿起手機，把鈴聲改為靜音，再放回茶几上。

他起身走到廚房前的小酒吧，從冰箱裡拿了冰塊放進玻璃杯，倒了點威士忌，晃了晃手上的杯子，讓冰塊融化滲入酒液，再慢悠悠地走回客廳，發現手機螢幕還亮著。

十分鐘過去，打電話的人鍥而不捨，不斷地撥打。

祁洛郢啜了一小口琥珀色的液體，盯著手機的目光略顯無奈，像是良心發現，總算按下接聽鍵，懶懶地應了一聲，「喂？」

「祁哥，你在哪？我等到會場人都走光了也沒看見你，負責清場的工作人員還問我是不是和朋友走丟了。我到處問有沒有人看到你去哪，還被當作你的粉絲，沒人願意告訴我。」電話一接通，阿佑連珠炮似的一長串話立刻傳了過來，語調聽起來甚至有幾分可憐。

阿佑中氣十足，說話音量大到讓祁洛郢有種耳膜受傷的錯覺，連忙把手機音量調小，「我剛到家。」

「你到家了？你什麼時候回家的？接下來不是還有官方舉辦的慶功宴嗎？」

祁洛郢習慣了自家助理隨便都能丟出無數個問句，還好他畫重點的能力還不錯，「不去了。」

「我記得薛哥說有個投資方會去，想找你吃飯，順道慶祝——，咳，順道聊聊下部電影。」

「不去。」

「薛哥說你得去。」

「我本來就沒答應。」

「可是——」

「要是薛凱鑫怪你，你就全推到我身上。」

薛凱鑫是星河娛樂安排給祁洛郢的經紀人，人稱薛哥，交友廣闊，爲人八面玲瓏，只是有些唯利是圖、斤斤計較。和這樣的人合作，好處是祁洛郢的代言費、廣告費能談得比別人高，壞處是他的日程表經常被塞得滿滿的。

「這招用過好幾次，已經不靈了，我還不是每次都被罵得很慘。上個月拍攝雜誌封面遲到兩個小時，我就被扣了三天的薪水，我的心都在淌血！」

聞言，祁洛郢輕笑一聲，「我不是補了三倍給你嗎？」

「雖然三倍薪很好賺，但是我的心靈創傷無法衡量。如果可以，我還是想把工作做好啊！」

「哦？」祁洛郢的語氣有揶揄、有肯定，也有幾分敷衍。

「這次薛哥交代的事情好像很重要，若你沒出席，我怕我真的會被開除。」

「放心，我會給你遣散費。」祁洛郢又啜了一口酒，木質花香調的酒香盈滿鼻間，酒液順著喉管滑下，帶起一股燒灼感。

「我不要遣散費！」

「好，那就不發。」

「我不是這個意思！」

其實在典禮開始前三個小時，祁洛郢仍在趕拍一部電視劇，連著幾天高強度工作，才硬是把參加金影獎的時間排出來。此時他無論身體或精神都處於既緊繃又疲憊的狀態，藉著酒精才放鬆了些，聽見助理委屈的語氣不由失笑，「不然你要來我家把我綁過去嗎？」

阿佑沉默片刻，吶吶地回：「我哪敢？」

「那你還有什麼問題？」

「祁哥，你是不是心情不好？」阿佑當祁洛郢的助理兩年了，對祁洛郢的情緒能猜到七八分。

「沒有。」

即便祁洛郢不承認，阿佑依然選擇相信自己的直覺，「祁哥，你拍戲那麼認眞，過去這些年都熬過來了，總會有拿獎的一天。而且有許多粉絲支持著你……對了，公司每天都會收到粉絲送給你的禮物，東西多到把儲藏室都堆滿了，你應該找一天去看看。」

「有那麼多？」

「對啊，你的後援會今天也有出現，就是那群穿著婚紗對你喊『我願意』的女孩子，超吸睛的啊！」

聽助理這麼一說，祁洛郢有點印象，他剛踏上紅毯，便看見一群揚言要嫁給他的女性以及努力把自己塞進婚紗的男性。

當下，他的驚嚇比驚喜還多，也忘記要和粉絲說什麼，只能強自鎮定，送了幾個飛吻和迷人微笑過去，就被工作人員引導著進入會場。

「我的後援會叫什麼名字？」祁洛郢以前的注意力都放在工作上，現在才突然覺得應該關心一下自己的粉絲們。在他的記憶裡，初始他至少擁有十多個粉絲自發性組織的中小型後援會，後來才整合成一個極具規模的大型後援會。

「『誤入祁途』啊！就你姓氏的那個祁，挺好記的。」

空氣瞬間安靜，祁洛郢沉默了快半分鐘，其間阿佑還以為電話訊號不好，喂喂喂了好幾聲。

「這名字誰取的？喜歡我有這麼委屈嗎？」祁洛郢扶額，滿臉無奈，他想起來了，今天確實有人舉著誤入祁途的手牌。

「聽說是粉絲投票選出來的。」

祁洛郢無言，既然粉絲喜歡，他也沒辦法。

掛掉電話後，他拿出手機搜尋誤入祁途，馬上在社群網站上找到後援會的社團。

誤入祁途為私密社團，其中的貼文只有成員能看見。

社團裡有什麼？粉絲們會怎麼討論他？

因為看不到內容反而讓祁洛郢更想一探究竟了。

他看著加入社團的按鈕，正準備按下去時……

不對！

祁洛郢在手指即將觸碰到手機螢幕前及時清醒，他現在用的可是祁洛郢的官方帳號！

他從沒聽過哪個偶像明星高調地開著官方帳號加入自己的粉絲後援會，這種事若傳出去肯定上娛樂新聞，光想像就太丟臉了！

於是，機智的祁洛郢決定註冊一個全新的社群帳號。

他要取什麼名字呢？

肯定不能用本名，他的名字撞名機率太低，少了官方認證，看起來特別像招搖撞騙的假帳號，八成會引起粉絲不滿。

祁洛郢點開他的官方專頁，打算從貼文下方留言的名字裡汲取靈感。

祁太太？

祁祁看我？

祁逢我手？

祁怪耶你？

爲什麼都是些奇怪的名字？

既然這些奇怪的名字都能註冊成功……代表應該沒什麼限制。

祁洛郢沒有花太多心思研究名字，反正只是個分身帳號，用完就可以丟了，不用考慮太多。

稍微思考了一下，祁洛郢便從「洛」字下手，在名字處輸入「水各一方」。

帳號很快通過驗證並啓用，祁洛郢立刻點擊申請加入誤入祁途。

「加入誤入祁途前請回答以下三個問題，證明你是祁祁的粉絲。一、祁祁喜歡的食物？二、祁祁的代表作是哪一部？三、祁祁的最新作品？」

加入後援會還要先通過測驗？

很好，這樣才能保證加入的人都是眞的喜歡他的粉絲。

祁洛郢暗自對管理員嚴格篩選成員表示嘉許，接著憑直覺輸入他的答案：

「一、甜的，什麼都好，但是不能多吃。二、下一部。三、《最後的情書》。」

「很簡單嘛。」祁洛郢自信地按下送出鍵。

不到一分鐘，他收到系統通知：

「誤入祁途拒絕您的加入社團申請，原因爲驗證問題回答錯誤，可聯繫社團管理員或重新提交申請。」

什麼？回答錯誤？

怎麼可能？

祁洛郢不敢置信，這三個問題都和他有關，有誰比他更清楚正確答案？

「我要申訴！」

正氣憤地想私訊後援會管理員時，祁洛郢愣住了，他用這個連頭貼都沒有的免洗帳號去申訴，管理員會理他嗎？

但如果用祁洛郢的官方帳號私訊管理員，不就露餡了嗎？

「可惡！答案到底是什麼！」

無奈之下，祁洛郢只好上網搜尋，在粉絲整理的資料裡找答案——這種行爲本身就透著荒謬。

「哪有人不知道自己喜歡吃什麼……」

原來他喜歡草莓捲心酥？

雖然他不討厭，但這是因爲那陣子他剛接下零食的廣告代言，當時只要有人問他喜歡吃什麼，他一律回答草莓捲心酥。現在再問他，答案就會不一樣。

而網路上寫他的代表作是「這一部」。

這是宣傳新作品時記者很常拿來湊數的問題，祁洛郢心中真正的答案是「下一部」，他總是期待下一部會更好，礙於宣傳時不好駁投資方和導演的面子，所以才統一回答「這一部」。

至於他的最新作品，正確答案則是三個月前上映的電影《夏日的丘壑》。

他在片中飾演一名找尋自我的人格分裂患者，但這部電影是去年年初拍的。這實在不能怪他回答錯誤，論拍攝時間這部片確實不是最新的。

重新認識自己的喜好與經歷後，祁洛郢重新提交答案，這次管理員同意他加入了。

總算成功了！

社團置頂文章是一篇社團規定，貼文僅限於討論祁洛郢、分享祁洛郢相關資訊，並且必須堅守「愛他就要包容他」的原則，嚴禁謾罵和抹黑。

「我是小動物嗎？」祁洛郢目光在「愛他就要包容他」這句話上停頓五秒。

他做過什麼特別需要粉絲包容的事情嗎？

好像真的有，比如罵粉絲、記錯粉絲名字、太衝動亂說話、活動遲到、莫名其妙的緋聞……

祁洛郢數著數著，突然驚覺自己能累積這麼多粉絲真是不容易。

他帶著感恩的心繼續往下滑，最新一則貼文是他在頒獎典禮直播上的截圖，圖中的祁洛郢坐在會場椅子上專注看著舞臺，長腿交疊，修長的手指交握放在膝上，笑容溫柔淺淡，目光卻似有片刻失神。搭配的文字寫著：

「祁祁別難過，你才是我們心中的最佳男主角。」

這篇貼文得到破萬的愛心和加油，下方留言都是鼓勵之詞。

「嘖，還是被拍到了。」

祁洛郢一整晚都盡力維持禮貌和風度，但在公布得獎者的那一剎那，他的表情管理還是有一瞬失守，要不是祁洛郢的粉絲太細心，說不定根本沒人發現這個稍縱即逝的細微變化。

下面的貼文還有今天後援會成員穿著婚紗應援的照片，大多以女性爲主，不過還是有少數幾位男性。這幾位男性穿著不合身的婚紗，頂著旁人異樣的目光站在紅毯邊，犧牲不可謂不大。

其他幾則新文章都是觀賞頒獎典禮的感想，參雜對於祁洛郢入圍的這部電影的觀影心得。

祁洛郢挑著幾篇看完，頗爲感動之餘也想發一篇貼文，他很好奇他的粉絲們到底怎麼看他的。

「想問問大家，祁洛郢到底有什麼好？他演什麼角色都讓人想起十年前的小吳缺，還不如專心當偶像，拍拍照、唱幾首歌、接一堆代言就能賺錢，何必堅持當個演員？如今三次入圍都沒得獎，被取笑也是活該。」

祁洛郢隨便挑了幾個這幾年收到的黑粉攻擊槽點加進去，不過他還記著社團的規定，沒有把更難聽的話寫出來。

貼文才剛發布，他就收到一連串系統通知，短短三分鐘，那篇文章已經累積了一百多個憤怒表情，而且正持續增加中。

「你爲什麼要黑我家祁祁啊？管理員怎麼把黑粉放進來了？」

「不喜歡祁洛郢就不要加入，慢走不送！」

「氣死我了，爲什麼只有管理員可以踢人？」

「呼叫管理員！」

不少人在留言區tag了社團裡的三位管理員。

面對排山倒海而來的怒氣，祁洛郢心情意外地好，原來被罵也可以這麼開心？

二十分鐘後，有一則新的貼文出現。

「管理群討論後，一致同意由我來回覆。

我們爲什麼喜歡祁洛郢？因爲他值得我們喜歡。

祁洛郢認眞，從出道作品《對月長歌》到今年的《夏日的丘壑》，他始終認眞詮釋每一個角色。如果你用心看過他的作品，你會發現他演繹每個角色的方式都不同，眼神、舉止、說話的語氣，甚至走路的方式他都特地爲角色設計過。

他每一部戲我們都可以看見他的成長，從小螢幕到大螢幕，他都認眞對待，全力以赴。即使拍攝環境再怎麼辛苦，他從來沒有抱怨過工作；即使十年前他只有十五歲，跟著劇組起早貪黑跋山涉水也沒有一句怨言。

祁洛郢眞誠，他用眞心對待所有人，他會偷偷買傘給探班淋雨的粉絲、趕粉絲回家，要大家以自己的生活爲重。工作忙時，他會自掏腰包發獎金給助理、替劇組加菜。他用善意面對這個世界，雖然這個世界對他不了解而多有批評，逼得他不得不謹言愼行、褪去年少時的衝動不羈，但他仍保有一顆眞誠的心，對工作、對粉絲，也對每一位觀眾。

祁洛郢長得好看，這點不需要解釋。

祁洛郢明明可以靠臉，偏偏要靠演技，這不就證明他喜歡演戲？想把喜歡的事做到最好有什麼問題？我們早已經把心中的最佳男主角給了祁洛郢，他是我們的偶像，他當演員，我們喜歡他；他去唱歌，我們也喜歡他。不管他做什麼，我們都支持！而且會永遠支持下去！」

「我有這麼好嗎？是不是誇得太過頭了？」乍然收到這樣一篇文情並茂的告白，祁洛郢頓時震撼到不知所措，同時也有點飄飄然。

「孟白白？」祁洛郢把發文者的名字記了下來，這個人似乎是他的死忠粉絲，而且從他的文字中，祁洛郢甚至認爲孟白白比他還了解自己。

這則貼文下的愛心快速增加，轉眼間其數量已經比水各一方那篇發文所收到的怒還要多。

祁洛郢把這個名字默念了三遍，隨即冷靜下來，心中浮現揮之不去的彆扭，立刻點了孟白白一片白的頭像，送出交友邀請。

交友邀請很快就通過了，剛發完文的孟白白還在線上。

孟白白：「有事？」

水各一方：「除了祁洛郢，你是不是還喜歡孟郤白？」

光看孟白白那篇貼文，便可以知道他喜歡祁洛郢無庸置疑，但是他的名字實在可疑，感覺孟白白有很大的機率也喜歡孟郤白。畢竟見一個愛一個的粉絲太常見了，本來這也不是什麼大事，只是今天看到的網路評論讓他的神經有些敏感，忍不住想向對方確認。

孟白白：「沒有。」

水各一方：「那你爲什麼叫孟白白？和孟郤白只差一個字啊！你潛伏在祁洛郢的後援會幹麼？」

孟白白：「這是小時候申請的帳號，我是管理員之一，沒有潛伏。」

言下之意就是碰巧。

祁洛郢立刻查看孟白白的帳號資訊，帳號創立時間明晃晃寫著十二年前，那個時候根本沒人知道孟郤白是誰。

看來眞的是巧合，而且方才孟白白寫了那麼長的粉絲告白，明顯是鐵粉啊！再懷疑下去，祁洛郢都不好意思了。

水各一方：「好吧，我相信你不是孟卻白的粉絲。」

孟白白：「常常被誤會，習慣了。另外，有件事要通知你，管理群決定對你的行爲做出處分。」

水各一方：「我做了什麼？我只是問大家爲什麼喜歡祁洛郢而已，這個問題有違規嗎？」

祁洛郢等了五分鐘也沒等來回應，他懷疑孟白白正在考慮要不要將他趕出社團。

雖然水各一方是個分身帳號，原本他就打著用過即丟的念頭，但是進來誤入祁途之後，反而有點捨不得離開了。尤其是讀到孟白白那篇文章後，他三度無緣影帝的鬱悶瞬間消失。

水各一方：「你應該不會把我踢出社團吧？」

孟白白：「沒有理由不踢。」

祁洛郢重看貼文，認眞反省三秒，如果發文的人不是他，他大概也會想把提問者踢出社團……但他眞的不是黑粉，誰會是自己的黑粉啊？因爲這個原因被踢太冤枉了！

水各一方：「我不是黑粉。」

孟白白：「大部分黑粉都不承認自己是黑粉。」

水各一方：「我把發文刪掉，一切當作沒發生過好嗎？」

祁洛郢打開那則貼文，發現目前已經累積二千多個怒了，他順手截圖留念，接著點擊刪除。

孟白白：「就算你不刪，我也會刪。」

祁洛郢沒想到孟白白這麼難商量，儘管管理員對黑粉的零容忍態度讓他很高興，然而對於被誤會的他就很困擾了。難道眞的得換個帳號再重新申請加入社團嗎？

突然間，祁洛郢靈光一閃，想到一個解決辦法，既然孟白白是他的粉絲……

水各一方：「我有祁洛郢沒公開過的照片，你想要嗎？」

孟白白：「眞的？」

祁洛郢看出孟白白有了興趣，精神一振，原本想當場自拍幾張，冷不防想到自己還穿著參加典禮的正式服裝，人又在家裡，實在不好和他解釋照片是從哪裡來的，於是他從手機相簿裡找了兩張穿著私服的照片傳給孟白白。

孟白白：「這是什麼時候拍的？」

照片裡的祁洛郢沒有上妝，戴著棒球帽和黑框眼鏡，穿著寬鬆的V領上衣搭配黑色直筒牛仔褲，看起來特別年輕，像個大學生。

水各一方：「上個月吧，網路上找不到，只給你。」

這張照片只存在於祁洛郢手機裡，沒外傳過，他自然有絕對的自信別的地方看不到。

孟白白：「確實是沒看過的照片，你怎麼會有？偷拍？」

水各一方：「有看著鏡頭的偷拍嗎？」

孟白白：「也是。」

水各一方：「這就當作我們之間的祕密，你不要踢我，我會繼續傳照片給你。」

孟白白沒有馬上回覆，像是在思考。

祁洛郢在等待期間，無聊到跑去偷看孟卻白的粉絲專頁，發現他的粉絲數只有自己的一半，頓時頗爲欣慰。

孟卻白最新的貼文是他在舞臺上拿著新人獎獎座的照片，搭配的文字很長，敘述了出道以來的心路歷程，並且感謝了導演、劇組和評審。祁洛郢粗略看過去，覺得文筆不錯，八成是經紀人或者助理小編事先寫好的，畢竟要省話到得獎感言只有四個字的人擠出這樣一篇文章也太難爲他了。

就在祁洛郢想問孟白白考慮好了沒時，便收到對方的回覆。

孟白白的妥協讓祁洛郢鬆了一口氣，還好孟白白沒繼續追問照片來源，不然他還得另外編造謊言，而謊言細究後都很容易漏洞百出，他也不可能向孟白白坦承自己的眞實身分。

水各一方：「能問一個問題嗎？」

孟白白：「說吧。」

水各一方：「祁洛郢和孟卻白誰的演技比較好？」

孟白白：「當然是祁洛郢，毫無疑問。」

很好！他果然沒有不如孟卻白！

祁洛郢明白拿這種問題問粉絲不夠客觀，但他現在想要的答案只有一個，所以一點都不介意夠不夠客觀。當然，他不會承認他對於網路上的評論耿耿於懷。

今晚，祁洛郢收到粉絲滿滿的愛，心滿意足地放下手機踏進浴室。洗漱後套上浴袍，躺上柔軟的大床，面帶微笑準備入眠。

闔上雙眼前，祁洛郢想到為他加油打氣的粉絲們，覺得應該有所表示，便拿起手機，點開自己的官方專頁，寫下：

「謝謝大家。」

謝謝始終支持著他的粉絲，謝謝像孟白白那樣理解他的粉絲，謝謝賞識他的導演，謝謝一起演出的演員，謝謝一同奮鬥過的劇組工作人員。種種感謝之情濃縮後不過寥寥幾個字，卻意外和孟卻白的領獎感言一樣。

祁洛郢暗忖發文不附圖有點沒誠意，便打開相機，拍了張側臉靠著枕頭的晚安照當作粉絲福利，按下送出。

深夜，誤入祁途社團裡一陣熱鬧，大家都在討論祁洛郢的最新貼文。

一來是祁洛郢近兩年來很少親自發文，二來是祁洛郢從來沒有發過床照——就粉絲的角度而言，在床上拍的照片就是床照。

「左邊位子是我的！」

「右邊位子我要定了！」

「祁祁兩邊的位子給前面兩位沒關係，我睡在祁祁上面就好。」

「太邪惡了！居然搶了最好的位子！」

「可惡！我沒想到！」

還醒著的粉絲都下載了這張照片，其中大半的粉絲也在今晚換了手機桌面，包括孟白白。

翌日，祁洛郢是被電話吵醒的。

他掙扎著從棉被裡伸出一隻手，撈起放在床頭櫃上充電的手機。

六點二十分，這麼早？

他記得今天上午沒有行程，只有下午要去新電影的劇本會議。

祁洛郢按下接聽鍵，經紀人薛凱鑫氣急敗壞的聲音傳了過來，劈頭就問：「你昨晚跑去哪了？」

「先回家了。」祁洛郢的聲音含糊又慵懶，根本還沒睡飽。他現在能接起經紀人的電話，並且沒有立刻掛掉，已經非常有禮貌了。

「我提醒你幾百次了，慶功宴上有個金主想見你，很重要！」

「忘了。」祁洛郢敷衍地回答。

「這麼重要的事能忘了？阿佑沒提醒你嗎？我這次一定要把他炒了！」

「提醒了，不能怪他，只是那個時候我已經回到家不想出門了。」

經紀人那裡傳來砰的一聲，八成是踹了什麼東西出氣，就抒發情緒這一點而言，薛凱鑫和祁洛郢的行爲有幾分相似。

「我簡直快被你氣死，今天下午的劇本會議你不用去了。」

「怎麼了？」

「你被換掉了！」

「哦？反正那部電影我本來也沒有很想拍。」

「那片子是金主捧著錢指名找你演的，片酬很高，公司很重視這個項目！爲了這部片，我推掉的電影和電視劇加起來總共幾十部！」

「就算你推掉再多，一段時間裡我也只能接一部。」祁洛郢涼涼地說著。

「我當然曉得！我要說的是，你接下來三個月的檔期都空出來了，你要我怎麼向公司交代？」薛凱鑫每個字都像用盡全力大聲喊出來的。

演藝人員的時間就是金錢，空著檔期沒工作對經紀公司而言就是收不到抽成，等於變相損失。何況祁洛郢是星河娛樂的台柱之一，占公司營收近三分之一。

「不是有簽約嗎？這樣公司能拿到違約金吧？」

「合約裡有附加條款，若缺席工作會議等原因，甲方可以無條件解約。」

「工作會議？不是吃飯嗎？」祁洛郢不屑地嗤笑一聲，他才不信那個飯局是什麼正式會議！

「他們主張那晚是談工作順便吃飯，我能說什麼？總之，現在公司一毛錢都拿不到！」

「我又沒說不接工作，這部片沒了，可以接別的。」如果剛好檔期排不上，他也不介意放三個月的長假，只是這句講出來可能會火上澆油，便忍著沒說。

「我現在去哪裡幫你找幾天內就要開拍的影視作品？」薛凱鑫忿忿道。即將開拍的電影、電視劇，現在還沒定角幾乎是不可能的事。

「你是王牌經紀人薛凱鑫，沒有辦不到的事。」

「少拍我馬屁，我不吃這一套。」雖然嘴上這麼說，但薛凱鑫語氣裡的怒意還是收斂許多，「我努力去找，到時候你別又東挑西揀的。」

「我盡量。」祁洛郢不是不想一口應下，但他怕薛凱鑫急病亂投醫，隨便接些奇怪片子的角色。

薛凱鑫想罵人，但兩人合作快十年了，祁洛郢剛出道就帶著他，從默默無名到炙手可熱的當紅演員，對祁洛郢的個性簡直不能更了解，知道罵也沒用，倒不如省點力氣。

他懂祁洛郢挑戲有自己的堅持，而且不得不說，他選中的劇本和角色確實都發揮得很好，「我可是你的經紀人，能不能相信我一點？」

「誰叫你讓我去陪人吃飯？」

「人家金主是男的！指定你當主演有很多因素考量，不一定是喜歡你，怕什麼？就算外面傳言有很多金主想包養你，我讓你被潛規則過嗎？上次雲揚集團的總裁想找你吃飯，我不是幫你拒絕了？」

「我怕要是對方真的想潛規則我，我會忍不住揍他。」祁洛郢沒有任何反省的意思，「到時候你處理起來更麻煩。」

原來放金主鴿子是爲經紀人的工作量著想呢，眞是體貼的演員啊！才怪！

薛凱鑫氣到無言，他怕再和祁洛郢談下去自己會心臟病發作，因而英年早逝，片刻沉默後，丟下一句「等我電話」，立刻把電話掛了。

祁洛郢一早就被經紀人罵醒，掛掉電話後耳邊彷彿還迴盪著薛凱鑫的聲音，實在無法好好睡回籠覺，只好起床漱洗。

祁洛郢拿著手機順手查看昨晚是否有漏掉任何來電，不小心點開了簡訊。

「祁祁睡顏好性感，要是能躺在你床上感受你的體溫就好了，你住在觀雲十二樓對吧？那裡警衛很嚴格，不太好進去呢！」

「祁洛郢，你在看這則訊息對吧？你最好明天就退出演藝圈，不然我一定帶西瓜刀堵你！我女朋友爲了要去看你居然和我分手！氣死我了！」

像這樣令人不舒服的文字，他每天都會收到。

祁洛郢面上表情沒有太大的變化，冷冷哼了一聲，儘管習慣了，他的心情依然不怎麼愉快。

即使他始終未回覆，但那些黑粉的行爲卻沒有停止過，就算換了手機號碼，過一陣子仍會收到黑粉的訊息。久而久之，祁洛郢已經不看簡訊了。

黑粉的騷擾從八年前開始，那個時候他剛演完深植人心的小吳缺，第二部作品《霜華》正要上映。《霜華》是一部小說改編的古裝劇，男女主角是當紅的偶像演員，他和另一個年紀差不多的新秀宋秉恩都在這部戲裡擔任重要配角，媒體訪問時兩人難免一併被提起。

由於經驗不足，祁洛郢中了娛樂記者的圈套，傻傻跳進陷阱題裡。

「你覺得宋秉恩演得如何？」

「不錯啊。」

「剛剛訪問宋秉恩時，他說想向你多學習，你比他早出道一年，有沒有什麼建議？」

「我認爲他演得已經很好了，只是有時候情緒太滿，可以收一點，多做一些眼神或者動作方面的細節。」當時祁洛郢才十七歲，只想著既然宋秉恩都這麼開口了，他就認眞回答。

然而隔天新聞標題寫的是：祁洛郢說宋秉恩演技不行。

報導一刊登，宋秉恩的粉絲立刻就生氣了，甚至連一些路人都跳出來評論兩句。

「祁洛郢以爲自己是誰？不過只演過一部戲紅了一陣子，就以前輩自居了？」

「祁洛郢這話什麼意思？想踩著秉恩往上爬嗎？心疼秉恩。」

「我以前還滿喜歡祁洛郢的，沒想到他人品低劣，我要轉成黑粉了！只要他還在演藝圈我就會監督他！」

當天經紀人就幫祁洛郢澄清一切都是誤會，並向宋秉恩和他的粉絲道歉，無奈效果有限。

這件事之後，祁洛郢就開始收到奇怪的簡訊。

祁洛郢不清楚自己的手機號碼是如何外流出去的，可能是經紀公司裡的員工，也可能是哪個親戚朋友或者工作上曾經聯繫過的人。

起初，祁洛郢會把黑粉傳來的訊息給經紀人看，但薛凱鑫看了總是勸他別放在心上，最好連看都別看。那時他不理解薛凱鑫爲什麼不當一回事，也不理解那些黑粉的舉動，倘若不喜歡他，不要看他的戲就好，爲什麼要騷擾甚至威脅他？

後來經紀人拗不過他，把幾個涉及人身安全的訊息挑出來，報了警。警方追查到傳訊息的人，依法偵辦。

祁洛郢特別排開工作，去了一趟警局，他想知道做出這些事的都是些什麼人，只是踏進警局時，遠遠看著那群男男女女哭哭啼啼說自己不是故意的，他突然就沒了怒氣。

他最後選擇和解，讓那些人寫封道歉信就算了。

事後經紀人取笑他雷聲大雨點小、刀子嘴豆腐心。

祁洛郢不回嘴，默默收下這些稱號。從此以後，他選擇無視那些訊息，並且更加謹言慎行。

一早就接收太多負面訊息，祁洛郢想看點讓自己心情好的東西，立刻用水各一方的帳號點開誤入祁途，又讀了一遍孟白白的貼文。

祁洛郢笑顏逐開，心情舒爽，果然稱讚永遠不嫌多。

不知道孟白白現在在做什麼？

對於忠實粉絲，祁洛郢不介意多聊兩句、透露幾個獨家消息，當作支持他的回饋。

祁洛郢點開水各一方的好友欄，隨手傳了訊息給孟白白。

水各一方：「有個祁洛郢的第一手消息，想知道嗎？」

孟白白：「你說。」

出乎意料，孟白白幾乎秒回。

水各一方：「這麼早起？你是學生？」

孟白白：「晨跑，畢業了。什麼消息？」

水各一方：「晨跑？沒事爲什麼不多睡點？」

原本想在家裡頹廢地度過一天的祁洛郢受到刺激，只好提醒自己吃完早餐就該去健身房待著。

孟白白：「睡夠了，運動可以維持體能。你要說什麼第一手消息？」

祁洛郢心想，果然是我的粉絲，如此關心我的消息，於是他也不賣關子，把早上收到的消息透露出去。反正經紀人接到換角通知，表示導演、製片方也知道了，想必晚一點娛樂新聞也會跟上。

水各一方：「祁洛郢原本要拍的那部《東方夜行記》被換角了，想不到吧？」

孟白白：「爲什麼？」

水各一方：「大概是有更好的人選吧？」

祁洛郢當然不可能把眞正的換角原因告訴孟白白，他入行十年了，知道什麼能說、什麼不能說。

孟白白：「聽說那個角色是爲祁祁量身打造的。我看過故事的人物介紹和劇情背景，沒人比他更適合那個角色，也不會有人比他演繹得更好。」

看了孟白白的訊息，祁洛郢面上露出一絲欣慰的笑意。

他離開臥室，慢悠悠進到廚房，泡了杯黑咖啡，從冰箱裡拿出即食雞胸肉和水煮蛋放進盤子裡，準備吃早餐。

祁洛郢想了想，還是回了孟白白訊息，語氣中豁達又帶點悵然，不知道他的忠實粉絲能不能懂？

水各一方：「可以爲祁洛郢量身打造，當然也可以爲下一位演員量身打造，在演藝圈裡不存在不能被替換的演員。」

孟白白：「你眞的不是黑粉？」

水各一方：「不是！」

孟白白的質問讓祁洛郢愣住，差點被食物噎到，他立刻重看一遍方才的對話，依然找不出自己被懷疑的理由。祁洛郢決定直接問孟白白，省得他瞎猜。

水各一方：「爲什麼你覺得我是黑粉？」

孟白白：「直覺，粉絲不會這麼說話。」

水各一方：「你不能因爲昨天的事就對我有刻板印象，我眞的不是黑粉！」

孟白白：「我要去忙了，有事留言。」

喂！不是吧？

偶像陪粉絲聊天，粉絲居然中途離席？

水各一方：「要忙什麼？」

水各一方：「你不是在晨跑嗎？」

水各一方：「你不要迴避有關黑粉的問題！」

不管祁洛郢接下來傳了什麼，訊息都顯示未讀，看來孟白白眞的去忙了。

祁洛郢瞪大眼睛，又氣又無奈，他從來沒被粉絲無視過！

「等你知道我是誰會後悔死吧？」

演員的職業操守二：有戲拍要心存感激

出於職業需求，祁洛郢當初買下這戶公寓時，就讓室內設計師規畫了健身房，有隱私且節省時間。維持身材是他工作的一環，和喜不喜歡無關。

兩個小時後，自運動器材上下來的祁洛郢像是從水裡撈上來似的，身上的衣服都被汗水浸濕。

他隨手看了一眼手機，孟白白還沒回訊息。

「在忙什麼……不對，我管你忙什麼？」祁洛郢關閉對話視窗，隨意滑著誤入祁途裡的貼文，一邊用掛在脖子上的毛巾擦汗，一邊走進浴室準備沖澡。

浴室裡霧氣氤氳，如銀絲般的細密水珠從花灑連綿落下。玻璃隔屏淋浴間裡的祁洛郢身形修長，肌肉線條漂亮又隱含力量，正是近幾年大多女性喜歡的男性理想身材。

聽見放在大理石洗手臺上的手機響個不停，祁洛郢只好放棄再沖久一點的念頭，走出淋浴間，拉起一旁的大浴巾隨意圍住身體。

他看了一眼來電顯示，接起電話，「喂？」

「有空嗎？我去找你？」電話那頭是個年輕男性的嗓音，語調輕快熟絡。

祁洛郢入行十年，圈內朋友很多，但能交心的很少。畢竟大家都忙，這次一起拍戲混熟了，下次相遇也不知道是什麼時候，久而久之交情就容易淡了。

而同公司的姚可樂便是他為數不多的好友之一，姚可樂原本以偶像團體出道，無奈成績不理想，後續轉型成綜藝節目主持人，意外地有觀眾緣，號稱被偶像事業耽誤的喜劇演員。

祁洛郢將手機開啟免持模式放在洗手臺邊，接著拿了條毛巾擦頭髮，故意語帶嫌棄地說：「我說沒空你就不來嗎？」

姚可樂聽出祁洛郢話裡的嫌棄，不甚在意地笑了下，「我在門口，開門吧！」

祁洛郢嘖了一聲，「你知道世界上有門鈴這種東西嗎？」

「我上次按了，你沒理我。」

「你是說我不在家的那次嗎？」

「好像是？」

「等一下，我穿個衣服。」祁洛郢頭髮已經擦得半乾，身上的水珠也乾得差不多，但衣服還是得穿，他們倆不是可以裸裎相見的關係。

「你不會正在緊要關頭吧？我是不是迴避比較好？等一下見面要叫什麼？不對，你先跟我說是男的還是女的、圈內還是圈外？讓我做點心理準備。」

「你腦子裡是不是都裝著齷齪思想？我剛洗完澡，當然要穿衣服。」

「完事了？那我至少沒打擾到你。」

祁洛郢翻了個白眼，「你等著，別跑。」

「喂！不要說這種話，我會怕。」

祁洛郢挑眉，故意哼幾聲後才掛掉電話，走進衣帽間套上長袖棉質上衣和休閒褲。

當祁洛郢開門時，姚可樂正毫無形象地蹲在門外，百無聊賴地研究地板上的花紋，看見門開了立刻抗議，「穿衣服怎麼那麼久？你就算不穿衣服先來幫我開門，我也不介意。」

「我介意！」祁洛郢沒好氣地瞪姚可樂一眼，側身讓出通道，「進來吧。」

「你又不是女明星，沒多少人想看吧？」

「你難道不曉得我後援會有多少人？」祁洛郢靠著門框，打量起姚可樂一身行頭，帽子、墨鏡、口罩和墨綠色羽絨衣，整個人包得像顆粽子似的。

「我知道啊，想嫁給你的人滿坑滿谷，根本男性公敵……噢，你的男粉絲也不少，不過我不確定那些人是想嫁給你還是娶你。」姚可樂熟門熟路地進屋，把手上的紙袋放到餐桌上，摘下墨鏡與口罩，露出一張娃娃臉，「我帶了冰淇淋，一起吃吧！」

祁洛郢關上門跟著走進來，他看了一眼印著金色LOGO的紙袋，「不吃。現在都冬天了，而且冰淇淋熱量特別高。」

聞言，姚可樂誇張地倒吸口氣，「義大利進口手工冰淇淋，限量的經典焦糖海鹽巧克力口味，你眞的不吃？」

「如果之後上鏡頭時臉太腫，在導演罵人之前我會先被薛凱鑫打死。」

「反正你最近不用進劇組吧？而且薛大經紀人哪敢把你這棵搖錢樹弄死？」

「你知道了？」

祁洛郢頓時明白姚可樂為什麼來找他了。

第三度入圍影帝卻再次落馬已經夠淒涼，還丟了一部重量級電影的演出機會，簡直雪上加霜。姚可樂突然來訪當然是為了慰問他，好朋友間不需要解釋太多，他懂。

姚可樂收起面上的幾分調笑，但語調仍保持輕鬆，「一個小時前就有快訊出來了，你準備放長假了嗎？環遊世界還是海島度假？」

「薛哥早就在物色別的工作了，他哪捨得我休息？」

「既然你不吃，我就帶回去自己吃。」姚可樂提起紙袋，一副心疼的表情。

見狀，祁洛郢按住姚可樂的手，笑容可掬，「放下，禮物你都親自送過來了，哪裡好意思再讓你帶回去。」

「你改變心意了？」

「你帶來的東西我哪次不吃？」

「胖了別怪我。」

「反正今天有一整天的時間能運動。」祁洛郢自嘲地勾起嘴角，伸手接過紙袋，而後走進廚房，拿出漂亮精緻的玻璃小碗和冰淇淋勺，開始挖冰淇淋。

姚可樂走到客廳脫下外套，坐進沙發打開電視，隨便選了一個不花腦力的綜藝節目。

沒多久，祁洛郢坐到姚可樂旁邊，把裝有三球冰淇淋的小碗遞給他，自己留了只有一球冰淇淋的。

「你看起來心情不錯？」

「本來就沒什麼事，不用擔心我。」祁洛郢挖了一勺冰淇淋送入口中，焦糖和巧克力比例均衡，甜味伴隨著焦糖香氣，加上海鹽的鹹味平衡了甜膩的口感，確實好吃。

「我沒擔心你，我就是來看看你是不是哭暈在家，剛好可以順手幫你叫救護車，日行一善。」

祁洛郢心不在焉，吃了兩口冰淇淋就開始滑手機，隨口回應，「你若想日行一善，不如幫我的電影包場。」

「我已經包過了好嗎？」

「包一場怎麼夠？應該包個十場。」

「去你的，我的血汗錢不是這樣花的。」姚可樂把最後一口冰淇淋吃下肚，將小碗放在一旁的茶几上，湊過去看祁洛郢的手機畫面，「你在看什麼，笑得這麼開心？」

「有嗎？」祁洛郢立刻按了電源鍵，手機螢幕瞬間轉黑。

「表情那麼明顯，我又不是瞎子。你交女朋友啦？放心，我會保密。」

祁洛郢方才正在讀後援會裡以前的貼文，看見孟白白發文說自己上個月去電影院刷了十遍《夏日的丘壑》，所以才隨口和姚可樂提到電影包場的事。

姚可樂盯著祁洛郢，不死心地追問：「幹麼不回答？該不會是男朋友吧？」

「是一個很支持我的粉絲。」

「女粉絲？」

祁洛郢這下被問倒了，他一直先入為主地以為孟白白是女性，畢竟他的粉絲性別男女比約為一比九，男性非常少，「不知道，我沒問。」

「你們沒見過面嗎？」

「我們算網友吧……我沒跟他說我是誰。」祁洛郢故意略過他加入自己後援會的那段過程，他才不想被姚可樂恥笑。

姚可樂瞪大眼睛、嘴巴大張，愣了幾秒，最後雙手抱頭驚呼：「你在談網戀嗎？談網戀之前得先弄清楚對象的性別啊！萬一和你想的不一樣怎麼辦？到時候哭都沒人同情你！」

「只是普通交友。」祁洛郢冷靜地澄清，他懷疑姚可樂主持節目後，做效果做得太習慣，連帶私下反應都變得浮誇。

「堂堂當紅男演員找對象居然要靠網路交友？實在太浪費這張臉了！難道你是那種堅持愛你就要愛你的內在，不能看外表的怪人？」

祁洛郢從姚可樂的話裡捕捉到某種暗示，他眯起眼，笑得意味不明，「你是不是還想說什麼？」

姚可樂故作神祕，「哎呀，我不好意思說，怕你接受不了。」

「說吧，我都接受和你當朋友了，應該沒有更難接受的事了。」

「眞是委屈你了，我老實告訴你……」姚可樂臉色一垮，爲了不落下風硬是擠出笑容。他站起來往旁邊移動三大步，與祁洛郢保持距離，之後清了清喉嚨開口，「這世界上誰不看臉？那些說喜歡你內在的人，都因爲你是祁洛郢啊！老天是公平的，給了你外表和才華，沒辦法再給你好脾氣和好性格，這樣的你要靠內在吸引人太難了，這種事情不能強求！」

祁洛郢忽然覺得姚可樂今天根本不是來安慰人的，也可能是他發現自己眞的沒事之後就故態復萌，十句話裡兩句誇三句損，剩下的五句又誇又損。

「你可以滾了。」祁洛郢看看時間，發現姚可樂差不多該去工作了，「還是要我送你？」

「不用，我自己走，你好好坐著，別拿東西砸我就好。」

「是嗎？」祁洛郢微笑著，緩緩舉起拿著抱枕的手。

✦

當天晚上，祁洛郢收到孟白白的訊息。

孟白白：「抱歉，在忙工作的事，沒辦法回覆。」

水各一方：「辛苦了，忙到這麼晚？」

孟白白：「還好，今天不算特別晚。關於黑粉的事我想清楚了，你應該不是黑粉，以後你別在後援會發奇怪的貼文就不會被踢了，不用擔心。」

水各一方：「你怎麼突然就相信我不是黑粉？」

孟白白：「通常黑粉不太管別人怎麼想……而且黑粉也沒這麼無聊，纏著管理員澄清，他們有大把時間申請新帳號，到處造謠、進社團搗亂。」

祁洛郢的視線停在那句「纏著管理員」上，簡直哭笑不得，他什麼時候纏著孟白白了？

他不過就是傳了幾個訊息，解釋自己不是黑粉而已啊！

算了，如果他再繼續糾結在這件事上，好像搞得他很在意似的。

水各一方：「誤會解開了就好。」

孟白白：「嗯。」

祁洛郢盯著手機螢幕幾分鐘，察覺孟白白不打算再丟訊息過來，只好自己開啓話題。

水各一方：「問個問題，你是男的還是女的？我先說，我是男的。」

祁洛郢驀地想起姚可樂早上那些話，雖然他沒有把孟白白當作談感情的對象，但還是希望弄清楚這位忠實粉絲的性別。他們聊過那麼多，應該算是朋友，而身爲朋友總該知道對方的性別吧？

孟白白：「你猜？」

水各一方：「不是男的就是女的。」

祁洛郢咬牙切齒地打下這幾個字，他要是能猜中還需要問孟白白嗎？

孟白白：「猜對了。」

祁洛郢一陣無言，到底是他沒有幽默感還是孟白白在耍他？

若是其他人這樣回話，他早就直接關掉對話窗了，然而一想到孟白白在社團裡的貼文和留言，就覺得應該對這人多點耐心。畢竟孟白白歷年來在後援會中的貼文多到他滑了一整天手機都看不完，那可是對他滿滿的愛和支持啊！

水各一方：「你就不能認眞回答嗎？」

於是，孟白白認眞回答了。

孟白白：「你的性別對我來說沒有意義，我的性別對你也沒有意義，知道了有什麼用？」

祁洛郢深吸一口氣，提醒自己保持耐性。

水各一方：「我們是朋友，想知道對方的性別不過分吧？」

孟白白：「時間不早了，晚安。」

孟白白明顯想強行結束話題，祁洛郢自討沒趣，便賭氣不和孟白白說晚安，立刻關掉對話頁面，踩著重重的腳步去視聽室看了一部電影，抽離這種令他氣結又無處發洩的情緒後才恍恍惚惚地入睡。

隔日，祁洛郢又是被經紀人的電話叫醒。

薛凱鑫今天心情不錯，讓祁洛郢睡到九點半才撥電話。

「什麼事？」祁洛郢咬字含糊，聲音帶著剛睡醒的慵懶，聽起來軟軟的，感覺很好欺負。

「你不要沒工作就睡到中午，天氣這麼好，早點起來運動或是看書都好啊！」

「你比我早起，你去運動、看書了嗎？」祁洛郢睜開眼睛才發現自己睡在視聽室的沙發躺椅上，睡是睡飽了，但是由於睡姿不良，身體反而更累了。

「沒有，我又不是明星，不需要維持體態和充實自己。」薛凱鑫回得理直氣壯。

「我的粉絲幫你做的回顧看到了吧？討論很熱烈啊！」祁洛郢昨天就把在誤入祁途

裡看到的貼文截圖轉給薛凱鑫。

貼文標題爲〈薛大經紀人的十年回顧〉。薛凱鑫並非公眾人物，網路上極少他的獨照流出，多半是帶著祁洛郢時碰巧入鏡。

有祁洛郢的粉絲找到十年來薛凱鑫的照片，照片裡的祁洛郢從少年的青澀稚氣到青年的英俊挺拔，無一例外皆帥氣好看，而薛凱鑫則是越來越胖，從朝氣青年變成油膩中年大叔，令人不忍直視。

下面網友的留言則充滿對歲月的感觸，「歲月是把殺豬刀，還是把豬飼料」、「經紀人辛苦了，壓力大到都用吃來發洩吧」、「還好祁祁身材維持得很好，沒有被薛哥影響」、「兩個人站在一起時祁祁看起來好瘦，祁祁的飯是不是都被經紀人吃掉了」。

薛凱鑫知道這幾年自己的體重只增不減，看到祁洛郢粉絲關心他的身材和健康時，內心有些許感動，但更多的是無奈，他這十年來過得不容易啊！而且都是誰害的啊！

「我壓力大還不都是因爲你！如果你沒惹出那麼多事，我至少能比現在瘦五公斤！」薛凱鑫激動地說著，同時覺得身上的西裝有點緊繃，便不動聲色地解開西裝外套的鈕子，暗自決定找個時間再訂做一套新的。

「你就算不帶我，也不可能變瘦。」祁洛郢抗議了一句就決定不再繼續這個敏感話題，免得薛凱鑫開始翻舊帳，一一數落他過往闖的禍，「先不討論假設性問題，你一早打來到底要說什麼？」

「我找到幾個可以配合檔期而且剛好缺男主角的電影，等一下帶劇本過去給你看。」

「這麼快？我就知道薛哥厲害。」祁洛郢對此確實略感意外，順口給了經紀人一點讚美。

明明昨天才收到換角的消息，今天他居然就找到替代方案了，薛凱鑫不愧是星河娛樂的王牌經紀人，辦事效率驚人。

「薛哥我什麼時候讓你失望過！」

「叫我去跟金主吃飯的時候。」祁洛郢毫不客氣地潑冷水。

薛凱鑫收到稱讚高興沒幾秒，一聽祁洛郢提起「金主」二字，又想起被換角的事，「你還敢提這個！」

「我只是實話實說。」祁洛郢倒是毫無悔意。

薛凱鑫嘆了一口氣，心想反正事情都過去了，變心的金主也不會回來了，還是專注眼前的工作吧，「你家裡最近有沒有缺什麼東西？我讓阿佑幫你買，晚點我們會從公司過去。」

「不用，我要什麼東西還不能自己去買嗎？」

「你不要又被粉絲認出來，導致買個水得花三個小時就好。」

祁洛郢腦中浮現不堪回首的記憶，不過他已經找到完美的解決方法了，不禁有些得意，「放心，我後來裝了濾水器，再也不用出門買水了。」

薛凱鑫對祁洛郢又愛又恨，雖然肯定他在本業上工作認眞，但時不時就鬧出小麻煩仍常常讓他頭痛，如果可以，他只想祁洛郢安分地待在家裡。

聽見祁洛郢對於擅自外出沒半點悔意，他沒好氣地回道：「那你要不要考慮養雞種菜自給自足算了？」

「薛哥你比較適合養雞種菜，不然我買塊地給你種吧？」

「你想整死我嗎？」薛凱鑫笑罵了一句，隨即想到更適合的人選，「讓阿佑去吧，反正他總是看不住你，應該很快就沒工作了。」

「薛哥倒是挺爲阿佑著想的。」

「當然。」

此時，正在星河公司裡的阿佑打了個噴嚏，尙不知道自己的下一份工作已經有著落了。

兩個小時後，薛凱鑫帶著助理阿佑出現在祁洛郢家裡。

雖然祁洛郢說不用買東西，阿佑來時還是提著兩大袋剛從超市採買的食材，打算把祁洛郢家中空蕩蕩的冰箱塡滿。

「不用這麼麻煩，我最近很少做菜。」

「我讓阿佑盡量買切好的食材或是加熱就能吃的半成品，那些都是營養均衡且高纖高蛋白的食物，吃這些東西好過你叫高油高熱量的外送餐點。」薛凱鑫的工作內容也包含照顧祁洛郢的健康和身材管理。

「知道，我一直很節制。」

「是嗎？」薛凱鑫打開冷凍庫，一眼就看見違禁品，「冰箱裡怎麼有冰淇淋？」

「姚可樂拿來的。」祁洛郢誠實招供，沒有一分一秒的猶豫，更沒有出賣朋友的心理負擔。

「姚可樂？又是他！」薛凱鑫臉色一沉，對於這位老是妨礙祁洛郢飲食計畫的損友他一向深惡痛絕，「他是不是嫌工作太少不夠忙？我回公司就讓他的經紀人幫他多接點工作。」

嗯，姚可樂應該有好一陣子不能來找他了，而且姚可樂大概永遠都不會知道這一切都是冰淇淋惹的禍，祁洛郢在心裡為好友默哀。

「阿佑，再找找其他地方有沒有不該出現的東西。」薛凱鑫指了指冰箱和櫃子。

「好，交給我吧，我會仔細找的。」阿佑收到命令後立刻擺正態度，一副嚴格執法、絕不寬待的樣子。

薛凱鑫滿意地點頭，轉頭準備和祁洛郢討論工作的事，「我們到客廳談吧。」

祁洛郢看著正在翻看廚櫃的阿佑，嘴邊的笑容有點勉強，「好。」

薛凱鑫從公事包拿出他的工作成果交給祁洛郢，祁洛郢接過劇本看了看，有些失望，「只有這兩部？」

「什麼叫『只有這兩部』？有兩部就不錯了！有戲拍就要心存感激！」薛凱鑫立刻對祁洛郢進行演員品格教育。

「好好好，我知道要知足、要感恩，我勉強挑一部吧。」祁洛郢明白是因為自己的任性才讓薛凱鑫一陣忙，對此他並不後悔，但多少有點不好意思。

祁洛郢念出兩本劇本封面上的名字，「《星球冒險》、《上班要專心》？」

「《星球冒險》是科幻片，男主角是太空科學家，由於發現天文異象而展開一系列冒險。背景設定在五百年後的未來，拍攝採用大量後製，有近八成的戲都在綠幕棚裡進行，很考驗演員演技。」薛凱鑫稍微說明了其中的劇情概要。

「科幻片？聽起來特別不可靠，不是演員演技的問題……」祁洛郢原本還輕鬆自若的表情，隨著薛凱鑫的話，越來越凝重，「他們這部片投資多少？」

「應該需要上億吧？」

「應該？」

「就是製片方還不確定的意思。」薛凱鑫頓了頓又道：「聽說有幾個金主還在考慮，所以需要一些具知名度的演員加入陣容，來增加他們投資這部片的意願。」

祁洛郢抬眼看著薛凱鑫，眼裡充滿哀怨，「以你專業經紀人的眼光來看，這部片可以嗎？再過幾天就要開拍了，資金還沒全到位，尤其還是最燒錢的科幻類型電影。我不相信他們沒找過別人，大家一定是看苗頭不對都不敢接，才會延遲到現在還沒把男主角定下來。」

「不是還有另一部嗎？」薛凱鑫思考後也認爲不妥，祁洛郢的檔期空出來損失很大，然而演一部特別爛的爛片，汙點便會跟著演員一輩子。國產科幻片最爲人詬病的就是特效，觀眾看習慣歐美大片的逼眞場景特效，很難體諒國產片資金不足的窘境。

「《上班要專心》是一部職場愛情片，對你來說輕而易舉。」

祁洛郢把《星球冒險》的劇本丟到茶几上，拿起另一本劇本，「上班要專心？女主角是誰？」

「沒有女主角，這是部耽美電影，也就是同志片。」

祁洛郢瞬間覺得手裡的劇本特別沉重，才剛翻開一頁的劇本立刻被闔上，他滿臉不樂意，「我不想接。」

「不是說了有戲拍就要心存感激嗎？你怎麼還挑三揀四的？而且這部電影的製作方聽了你的片酬後便爽快地直接答應，完全沒討價還價。」

「片酬不是我唯一的考量。」祁洛郢聽見片酬沒被砍面色好轉不少，儘管如此仍沒有讓他興起接演的念頭，「現在同志片不都找新人演嗎？我去搶他們的角色幹麼？對形象也沒幫助吧？」

「這部片不一樣，首先，製作方資金充裕。第二，他們找了擅長拍攝愛情片的何平導演。第三，這部劇本改編自小說，有讀者基礎。當初投資方和電影公司都很看好小說影視化呢！況且你以前從沒演過類似的角色，現在剛好有機會突破，何樂不爲？你正好可以向大眾證明你什麼都能演，說不定評審這次就被你的演技震撼，下一次金影獎男主角就是你了！」

祁洛郢皺眉，「讓評審震撼？你哪部戲不是用這個理由說服我的？我不會再上當了。」

「這種事和買樂透一樣，你得先買，才有機會中獎啊！」

祁洛郢其實很想把《上班要專心》的劇本也丟到茶几上，但是順著視線看見《星球冒險》，突然心頭一怵，演員的第六感告訴他千萬不能接演那部片。

相較之下，《上班要專心》顯得沒那麼可怕……

祁洛郢只好把差點丟開的劇本再次打開，慢慢讀了起來。

「另一個男主角敲定了？」

「是孟卻白，你肯定聽過吧？今年的新人王，他暑假那部片大紅後，媒體和粉絲都很關注他後續的動態，如果你們能順利合演，這部片肯定賣座。」

「他的演技如何？」祁洛郢聽見孟卻白的名字，立刻想起金影獎頒獎典禮後臺廁所的巧遇，以及網路上有人說他演技不如孟卻白的事。

「不錯啊！有顏值也有演技，前途不可限量。」

祁洛郢沒想到薛凱鑫對孟卻白的評價這麼高，心底頓時頗有牴觸，語氣也帶上幾分不以爲然，「孟卻白的演技很好？」

薛凱鑫發現祁洛郢對孟卻白似乎有些想法，連忙開始敲邊鼓，「這純粹是個人感想，不過我不是學表演的，可能看得不夠仔細。你要是想知道，接演這部片就可以和他對戲啊！」

和孟卻白對戲？

倘若是這個理由，祁洛郢突然覺得這份工作變得有點吸引力。

他要讓觀眾知道，他的演技不可能比不過一個剛冒出頭的新人，而且他甚至可以演得更好！

「我看完劇本再聯繫你。」

「好。」薛凱鑫見祁洛郢態度鬆動，明白只要劇本不差，祁洛郢八成會點頭，就不急著逼他現在答應。畢竟按以往的經驗來看，有時候逼急了容易適得其反。

「那我們先走了。」薛凱鑫站起身，對著剛翻完廚房、客廳裡所有櫃子的阿佑說：「阿佑，該走了！對了，把冰淇淋還有那兩包洋芋片一起帶走！」

洋芋片是阿佑從櫥櫃深處找出來的。

「這個牌子的冰淇淋很貴耶！眞的可以嗎？」

「可以，你祁哥沒有要吃了。」薛凱鑫回頭對祁洛郢微笑，「對嗎？」

祁洛郢知道自己再過幾天大概就要進劇組，索性大方道：「你們不嫌棄就帶走吧。」

「謝謝祁哥！」

薛凱鑫和阿佑離開後十分鐘，祁洛郢收到了一則訊息。

阿佑：「祁哥，客廳後面櫃子裡的那箱泡麵我都沒動，不過爲了健康你還是少吃點。」

祁洛郢莞爾，打了幾個字後點擊送出。

祁洛郢：「知道，謝了。」

祁洛郢發現時已近中午，便走進廚房，用一道花椰菜配水煮鮪魚佐油醋沙拉解決午餐，餐後他開始認眞讀《上班要專心》的劇本。

這是一部職場愛情片，男下屬暗戀男上司，在度過一次次工作危機的同時一步步拉近彼此之間的距離。

他的角色就是那個白領菁英男上司，工作態度認眞負責，個性頗爲冷淡，有著輕微潔癖。當初他明確地拒絕了下屬的告白，最後卻被打動並逐漸接受下屬。

祁洛郢還以爲孟卻白會更適合自己這個角色，畢竟角色氣質和演員原本的個性相近，演起來比較不費力。

祁洛郢再看了看孟卻白的角色——充滿活力的社會新鮮人，比起事先計畫更傾向於直接行動。某次他因經驗不足，錯估形勢而造成公司損失，原本看不慣上司，卻在對方將他造成的工作危機解除後，態度轉爲敬佩，且心生愛慕。

「和孟卻白一點都不像嘛？」

祁洛郢對孟卻白的演技存疑，主要是因爲他在《妳和我的小清新》裡的角色就是寡言高冷類型，很貼合他原本性格，如今孟卻白要挑戰和自己個性截然不同的角色？

「有點意思。」

專業演員本來就該演繹各種類型的角色，願意突破的孟卻白讓祁洛郢讚賞又期待，他很想親眼見識這位高冷男神如何詮釋這樣的人物？

祁洛郢拿起手機，想回覆薛凱鑫自己的決定，卻被社群APP給吸引了注意力，轉爲登入水各一方的帳號。

水各一方的帳號依舊是系統預設的灰色人形頭貼，看起來很像用完即丟的免洗帳號。

「還是放張照片吧？」

不過放什麼照片好呢？

祁洛郢點進誤入祁途，發現社團成員超過半數人的頭貼都是祁洛郢的照片。

「粉絲就要放偶像的照片？」那他可以光明正大放自己的照片了，這樣應該比較不像黑粉？

祁洛郢打開瀏覽器，隨便下載了一張自己帥氣的照片換上。改完大頭貼後，祁洛郢注意到有粉絲把《東方夜行記》換角的報導貼到社團中。報導裡把《東方夜行記》的故事大略描述一遍後，接著寫到更換男主角的事，還放了製片公司提供的新聞稿。當然，其中沒有寫出換角的眞正原因，只說雙方溝通後同意更換演員。

部分敏銳度較高的粉絲率先說破了這篇報導隱含的意思。

「祁祁是被換掉了吧？」

「太突然了吧？不是這幾天就要進劇組了嗎？」

「嗚嗚嗚，不管怎樣，我都支持祁祁！他演什麼，我就看什麼！」

這篇貼文底下的哭泣和憤怒表情符號各占一半，留言都是心疼祁洛郢被換角、氣製作方臨時變卦根本要人，還有人打算發起拒看這部電影。

祁洛郢想了想，選擇按了張哈哈大笑的臉，他覺得這個表情看起來既瀟脫又戲謔，很符合自己的心情。

當然也有人留言換掉祁洛郢是導演和劇組的損失，「原本要十刷這部片的，現在省下來了」、「打著祁祁的名號吸引金主投資，現在換角資金是不是要抽掉啊」、「老實說宋秉恩的形象不差，但是演來演去都是溫文儒雅或高冷寡言，和這部電影的角色設定落差太大，這種選角不行吧？我賭這部片不會賣」。

祁洛郢大致瀏覽過所有留言，並且找到了孟白白的發言。

「演藝圈裡什麼都可能發生，沒拍這部片不代表就是壞事，也許會有更適合的邀約出現，我們該做的就是支持祁洛郢，做他堅強的後盾！」

沒多久，孟白白的留言迅速獲得五百多個讚和愛心，連帶被推到留言串的最上方，祁洛郢隨手也補了個愛心，以示嘉許。

他發現孟白白在社團裡的發言都能讓他心情很好，彷彿她或他天生知道祁洛郢最需要的是什麼。

「孟白白，你會讀心術嗎？」祁洛郢自言自語道。

他決定不和孟白白計較不告訴他性別的事，反正他確定孟白白是他的忠實粉絲就夠了。祁洛郢一邊這麼想著，一邊點開好友對話框。

水各一方：「在嗎？」

孟白白：「這次要問什麼？不回答私人問題。」

什麼叫做「不回答私人問題」？

說得好像他對孟白白很有興趣一樣？

祁洛郢好氣又好笑，都怪姚可樂，沒事讓他弄清楚粉絲的性別幹麼？現在被誤會了吧。

水各一方：「我不會再問你私人問題了，又沒有要追你，問那麼清楚幹麼？」

孟白白：「你明白就好，所以你想問什麼？」

水各一方：「祁洛郢和孟卻白演情侶會有人想看嗎？」

孟白白：「以兩人的人氣來說，票房應該會不錯。」

祁洛郢點頭，隨即發現不對勁，孟白白怎麼莫名就提起票房了？他怎麼沒問為什麼兩個男演員要演情侶？通常不是應該先對此表示驚訝嗎？

水各一方：「我都沒說是電影，你就說票房會好？」

祁洛郢這句話發送之後，對方正在輸入的提示消失，彷彿時間靜止般，沒有任何回應。祁洛郢等了又等，十分鐘後，再次追問。

水各一方：「你該不會在想要用什麼藉口敷衍我吧？」

約莫十秒，孟白白回覆訊息。

孟白白：「沒必要找藉口，祁洛郢近年接的電影比較多。」

水各一方：「哦？我差點以為你是星河娛樂或者孟卻白工作室的人？」

孟白白：「確實有認識的人在那邊。」

水各一方：「是嗎？那這兩間公司的保密工作做得不好啊！」

祁洛郢總覺得孟卻白這麼了解他，應該是有特殊管道可以知道他的消息，而最有可能的就是透過兩人的經紀公司。

孟白白：「你是那兩間公司的人嗎？」

水各一方：「我像嗎？」

孟白白：「你的消息更新很快、準確度高。」

水各一方：「我有我的方法，況且我是祁洛郢的忠實粉絲嘛，會想知道多一點資訊很正常。」

孟白白：「我突然又不確定你是不是黑粉了。」

水各一方：「怎麼了？我不是洗清嫌疑了嗎？我的頭像也換成祁洛郢的照片了，哪裡有問題？」

祁洛郢簡直不敢相信自己再度被懷疑是黑粉，他是最不可能成爲祁洛郢黑粉的人好嗎！誰會無聊到裝作自己的黑粉？

咳，裝作自己的粉絲還比較有可能……

孟白白：「你對《東方夜行記》換角的新聞貼文點了哈，整個社團只有你點。我這裡收到投訴，說你幸災樂禍。」

祁洛郢無言，他不是那個意思好嗎？

水各一方：「手滑了，我去改成怒可以嗎？」

孟白白：「眞的是手滑？」

水各一方：「眞的！」

不管原本是什麼原因，祁洛郢現在都只能咬定是手滑，要不是這個帳號沒有任何價值，他甚至可以說自己被盜帳號了，至於盜帳號的人爲什麼要去後援會社團對特定貼文按哈就不在他需要解釋的範圍內。

孟白白：「不管你是不是眞的手滑，投訴的人都在陸續增加，你原本就在觀察名單裡，現在又被投訴……我剛剛沒回訊息就是在和其他管理員討論該如何處置你。」

水各一方：「不會踢我吧？」

孟白白：「管理員可以選擇的處罰手段不多。」

水各一方：「你的意思是，管理員踢人也是不得已的嗎？」

孟白白這次沒打字，回了一個笑臉，祁洛郢感覺這個笑臉特別不懷好意。

沒辦法了，他只好使用老招數。

祁洛郢打開手機相簿，找到一張他在《夏日的溝壑》工作空檔時的側拍照，傳給孟白白。

水各一方：「這樣可以吧？這也是外面找不到的照片，很珍貴的。」

孟白白：「才一張？」

水各一方：「不然你要幾張？」

孟白白：「看你誠意，越多越好。」

水各一方：「你這是要掏空我嗎？」

眞是需索無度的小妖精，噢，是小粉絲。

小粉絲？還不知道孟白白幾歲呢……算了，說好不問私人問題的。

孟白白：「如果嫌麻煩的話，你可以把雲端相簿的分享連結傳給我，我自己挑。」

水各一方：「想得美！」

祁洛郢沒傻到把籌碼一次全都丟出去，何況讓孟白白看他的私人相簿根本等於身分曝光啊！

祁洛郢再度打開相簿，選了和《夏日的溝壑》演員們說話、打鬧、梳化的場景，其中有自拍、合照，也有阿佑爲了發文而拿著他手機拍的照片，林林總總一共選了十多張傳給孟白白。

水各一方：「這樣夠了吧？」

孟白白：「嗯。」

祁洛郢莫名鬆了一口氣，看樣子他賄賂管理員成功了？

但怎麼有種沒完沒了的預感，這是在定期繳交保護費嗎？

水各一方：「眞的有人檢舉我嗎？你是不是找藉口來要跟我照片啊？」

孟白白：「眞的，不是藉口。」

水各一方：「……」

孟白白：「如果你還有祁洛郢的照片可以再傳給我。」

果然是需索無度的小妖精！

粉絲的愛太多也是很麻煩的！

祁洛郢嘆了口氣，默默提醒自己以後要多拍照。

結束與孟白白之間的「交流」後，祁洛郢才想起自己原先要做的事，便立刻傳訊息給薛凱鑫，表示願意接下《上班要專心》中的上司一角。

薛凱鑫依然效率驚人，沒幾日就把合約細節談妥並且簽約完畢，也順帶把進組時間與排程定下，恰好卡進祁洛郢因被換角而空出的檔期。

於是，祁洛郢的假期正式宣告結束，雖然乍看之下放了五天的假，但他從假期的第二天開始就在讀劇本揣摩角色。

節食、健身、看劇本、逗逗孟白白、接了一通姚可樂抱怨工作量激增的電話，以上就是他假期的全部了。

《上班要專心》和孟卻白的出道作《妳和我的小清新》都是由何平執導，他的導演生涯中拍過數十部愛情電影，其中過半叫好又叫座，被譽爲當代最會說愛情故事的導演。

何平有個習慣，無論拍攝的是電影或電視、資金規模是大是小，他都堅持在開鏡前找主要演員開劇本圍讀會，和演員們溝通希望這部電影呈現的效果，同時讓演員間先培養默契、熟悉彼此，這樣的前期準備工作可以讓後續的拍攝更順利。

祁洛郢喜歡認眞對待作品的導演，這也是他願意接演這部電影的原因之一。

基於對演員這份工作的責任感和熱忱，祁洛郢趕著在劇本圍讀會前把劇本看熟，臺詞背了七七八八，原本嶄新的劇本都快被他翻爛了。每一頁都寫著他自己理解出的表演方式，甚至有三、四種不同的選項，有幾處想和導演另外討論的地方還貼上了標籤紙，前置作業十分充足。

但是他對於要和孟卻白在大螢幕上談男男戀還是感到前途未卜。

「孟卻白，你眞的能演好嗎？」他喃喃道。

是的，他比較擔心他對手的演技。

雖然祁洛郢是第一次演出同志片，實務上也沒有類似的經驗，但是以他演出多部愛情片的經歷看來，他不認爲假裝愛一個人的難度很高。

「不過就是把感情戲的對象換成男人而已，就算換成狗我也沒問題。」

祁洛郢信心滿滿。

✦

隔日一早，薛凱鑫和阿佑帶著早餐準時出現在祁洛郢家。

阿佑負責開車，薛凱鑫和祁洛郢坐在後座，經紀人不忘把握時間，對祁洛郢耳提面命，想到什麼就叮囑什麼。

「雖然我知道你答應了就會全力以赴，但這部畢竟是同志片，要是拍攝時覺得不舒服……」薛凱鑫頓了頓，像是在思考該怎麼辦，搞得祁洛郢也來了興致，全神貫注等著經紀人接下來的話。沒想到薛凱鑫醞釀了三、四分鐘，吐出口的卻是：「忍一忍就過去了。」

祁洛郢被逗得噗哧笑了，「還以爲你有什麼好辦法。」

連開車的阿佑都邊笑邊插話：「我也以爲薛哥要帥氣一把了。」

薛凱鑫被笑得顏面無光，有些惱羞，先是衝阿佑說了一句「專心開車」，接著轉頭看向祁洛郢：「總之，不准罷演、不准揍人、不准做任何會被扣錢的行爲。」

「我只做過一次。」

祁洛郢在工作上兢兢業業，最初也是從配角演起，吃過苦、看過臉色，從來不以爲意，然而他確實曾在工作時揍人、罷演過。

猶記那時祁洛郢十七、八歲，年輕氣盛易衝動，碰巧遇到一個導演想潛規則他，用講戲當藉口把他約到房間裡。還好祁洛郢機警，加上導演沒有防備，他被摸了兩把愣住後，立刻反擊揮了幾拳，出其不意下順利脫身。

這件事後來是薛凱鑫處理的，他和腫著半邊臉揚言報復的導演說他們手上有證據，鬧大對雙方都沒好處，協議後和平退出劇組，對外宣稱劇本調整，祁洛郢的角色戲分減少所以提早殺青。薛凱鑫私下把糾紛解決完才上報給星河娛樂，最終還因爲讓公司蒙受損失被扣了三個月的薪水。

薛凱鑫當時也年輕，這事處理得不夠漂亮，導致外界霧裡看花，產生許多天馬行空的臆測，後來漸漸成了黑粉攻擊祁洛郢的靈感，造謠他耍大牌被劇組逼退。

「一次就夠多了！」薛凱鑫沒好氣地說，「只要你細心點、多點眼色、身段軟一點，很多事情都能化解或避開。」

這些話祁洛郢聽到都會背了，他懶懶地打了個呵欠，「知道，我不是改進了嗎？」

「你這幾年的確是好多了，但我發現不能對你掉以輕心，比如頒獎典禮那晚，我不過是班機延誤趕不回來，結果就出了岔子。」

「是是是，我會反省。」祁洛郢隨口應付道。

薛凱鑫沒針對祁洛郢的回話較眞，祁洛郢性格如此，繼續叨念大概也沒用，只會嫌他煩而已。

「對了，記得和孟卻白保持良好互動，不要鬧僵了，到時候拍攝不順就算了，傳出去也不好聽。你是前輩，多多包容人家。」

「我知道，這種事不用特別提醒。」

薛凱鑫目光犀利，「我感覺你不太喜歡他。」

「怎麼會？」祁洛郢沒想到薛凱鑫的觀察力如此敏銳，不過他對孟卻白的那點不舒服全都來自孟卻白粉絲對自家偶像的過度吹捧，孟卻白本人倒是沒做過什麼讓他討厭的事，除了比較不好聊天之外，他對孟卻白沒有太多成見。

薛凱鑫深深看了祁洛郢一眼，「沒有最好，拍戲不合雖然可以炒熱度，可是很容易造成反效果。」

「我才不想靠這種八卦新聞炒熱度。」

「炒熱度有什麼不好？有熱度才有曝光率，現在娛樂記者那麼多，他們也需要新聞題材，這算互利互惠。」

「每拍一部片我就多一個緋聞，這種報導觀眾早就看膩了，操作痕跡太明顯。」

薛凱鑫狀似安撫，實則敷衍，「好好好，這部片不炒緋聞，來個兄弟情怎樣？」

祁洛郢翻了個白眼，「隨便，不要太超過就好。」

「放心，我知道分寸。我每次都有先通知對方經紀人，很多時候還是他們經紀公司主動要求的，而且製作方也希望演員有熱度、製造話題幫忙宣傳，你特別不喜歡的部分我都盡量輕描淡寫帶過或是乾脆避開了。」

儘管薛凱鑫更多時候考慮的是如何爲公司賺錢，但他也會盡量考慮祁洛郢的心情。兩人稱不上交心，不過共事多年彼此相熟，工作上有一定程度的共識和默契。

祁洛郢淡淡一笑，「謝謝。」

「謝什麼？這本來就是我份內的事。」薛凱鑫拍了拍祁洛郢的肩，語重心長道：「你要是眞的想感謝我，就應該接演那部《星球冒險》，這樣我就可以多領一點分成獎金。」

祁洛郢收起笑容，轉頭看向窗外，不再理會薛凱鑫。

剛剛那股溫馨的氛圍一定是假的，他心想著。

抵達電影公司大樓後，阿佑負責停車，薛哥則帶著祁洛郢上樓和何導、沈編劇打招呼。一陣熱絡寒暄後，彼此拉近不少距離，同時留下不錯的印象。

由於距離劇本圍讀會開始還有段時間，祁洛郢聽說這層樓有個露臺可以瞭望城市美景，就決定出去透透氣。

他沿著來時的路往回走，發現電梯旁有片落地窗，窗外就是露臺。露臺裡有幾張給公司職員休憩用的桌椅，其中還有個人坐在那……看起來特別像他未來三個月的臨時男友。

孟卻白穿著深藍色毛呢大衣坐在一張椅子上，氣質沉靜，兩條長腿交疊，目光專注地看著手機螢幕。

祁洛郢認爲於情於理自己都該去打聲招呼，便打開落地窗跨了出去。一陣冷風吹來，他拉緊了身上的立領長版外套。

走近後祁洛郢發現孟卻白的手機上有個吊飾，是一條銀色金屬鍊搭配一個水藍色飄帶，看著隱約有點眼熟，卻想不起來在哪裡看過，畢竟現在很少人用手機吊飾了，而且這通常都是女孩子在用的吧？

沒想到孟卻白有這一面……

「你有用手機吊飾的習慣啊？眞是少女心。」祁洛郢忍不住打趣兩句。

孟卻白被突然出現的聲音嚇了一跳，轉頭看見是祁洛郢，猛然站起，手上手機滑落，華麗地在空中轉了一圈，最後啪的一聲，螢幕朝下壯烈著地。

「還好嗎？」祁洛郢尷尬地望向地上的手機，默默祈禱孟卻白的手機夠耐摔。

「沒關係。」孟卻白彎腰撿起手機，只見如蛛網般密布的裂紋出現在螢幕上。

嗯，怎麼看都是摔壞了呢！

「是我不好，我賠你一支手機吧。你這支是什麼型號？或者你喜歡哪一款？直接告訴我就好。」

「不用。」孟卻白淡淡拒絕，同時快速把手機收進大衣口袋。

「怎麼不用呢？不然你給我你的電話，呃……或者是能聯絡上你的電話號碼，我買好送過去給你。」

「你沒錯，手機是我自己摔的。」孟卻白臉上是一貫的高冷表情。

祁洛郢摸不清孟卻白是眞的不在意還是客套，同時心想不能因爲這點事情就壞了合作氣氛，便想堅持買一支手機賠給孟卻白，「可是——」

祁洛郢才剛要開口，孟卻白就打斷他，「我先回會議室了。」

說完，他就匆匆離去。

祁洛郢沒想到會被冷淡拒絕，在原地尷尬地眨了眨眼，看著孟卻白漸行漸遠的背影，趕緊喊了一聲，「晚點見。」

不知道是不是祁洛郢的錯覺，孟卻白好像走得更快了？

他該不會被討厭了吧？

往後三個月他們還要朝夕相處，甚至扮演情侶……怎麼感覺有點不妙啊？

演員的職業操守三：寵粉是必須的

因爲檔期敲定得比較臨時，《上班要專心》的很多事前準備工作時間都被壓縮，祁洛郢結束劇本圍讀會後順便和美術指導、造型師討論戲服和造型。造型師當場幫他修剪頭髮、將原本的栗色頭髮染黑，最後直接在旁邊的簡易攝影棚拍了定裝照。

而孟卻白早已完成拍攝定裝照的工作，劇本圍讀會後就被經紀人帶去跑別的行程。

薛凱鑫下午回公司處理其他還在接洽中的工作，留下助理阿佑陪祁洛郢，幫忙注意飲食、跑腿、接送等等。

忙了一整天，祁洛郢終於結束了今天的行程，坐上阿佑開的車，準備回家。他望著窗外，欣賞這個城市的夜間街景，並回顧今天發生的事，他果然還是很在意孟卻白的手機。

「阿佑，你能幫我買支手機嗎？」

「祁哥，你要換手機啊？什麼型號？明天有空我就去買。」

「不是我。」祁洛郢覺得沒必要隱瞞，索性坦白，「我害孟卻白的手機摔壞了。」

「什麼？你們今天不是才第一次見面嗎？」

其實不是第一次見面，但祁洛郢懶得糾正。他放鬆地坐在後座，盡可能伸展疲憊的四肢，「總之是一場意外，你就刷我的卡買最高階的手機。」

阿佑面上帶著明顯的失望，他原本以爲可以聽八卦，不過既然祁洛郢不說，他只好按捺下八卦之魂，認眞問起交辦事項的細節，「手機有品牌偏好嗎？」

祁洛郢回憶今天看到的孟卻白的手機，因爲落地時它是螢幕朝下，所以手機背面的LOGO特別明顯。祁洛郢對手機型號沒有研究，但還是能辨認品牌，就把牌子告訴阿佑。

「顏色呢？」

「白色。」

「好，我記得祁哥你明天有雜誌拍攝及採訪，工作時間比較長，我送你過去後就去買手機，買好直接拿來給你。」

《東方夜行記》換角公告引起一波網路討論，有人說是因爲祁洛郢人氣下滑，所以金主改變心意，也有人說是因爲祁洛郢耍大牌提太多要求，所以被導演換掉。

爲此，薛凱鑫臨時幫祁洛郢安排了一場雜誌專訪。

既可以闢謠，向大眾表示自己狀態良好，讓記者說他個性隨和親切，也可以給即將開拍的電影預熱，暗示就算沒有演《東方夜行記》，他也有其他戲可以拍。

祁洛郢對於這個臨時增加的工作沒有怨言，畢竟自己的任性所導致的殘局還是得自己收拾，不用薛凱鑫提醒，他就知道這個訪問非去不可。

等到雜誌出刊，無論傳統或網路媒體都會有一波宣傳報導，而群眾都是健忘的，過陣子就不會有多少人再提他人氣下滑耍大牌的事。

「你買完手機直接送去給孟卻白。」祁洛郢懶懶地回了一句，拿出手機點開社群APP，無視姚可樂又一則抱怨今晚要工作到深夜、經紀人沒人性的私人貼文，切換帳號點進誤入祁途，他想看看孟白白今天有沒有發文。

阿佑越想越不對，「我怎麼知道孟卻白在哪裡？」

「送到他的公司啊。」

「這樣直接衝過去絕對會被當成奇怪的粉絲，警衛和保全不可能不管吧？」

「薛哥應該和孟卻白的經紀人熟，我請薛哥聯繫一下，你明天過去就不會被攔下來了。對了，我再寫張卡片，到時候和手機一起送過去。」

「祁哥英明。」

祁洛郢處理完給孟卻白送手機的事，在誤入祁途逛了一會，發現孟白白今天特別安靜，沒有發文，也沒有在別人的貼文下留言。

這個人不知道去幹麼了……祁洛郢向來有話直說，於是傳了訊息給孟白白。

水各一方：「在嗎？」

無奈孟白白遲遲沒有回覆。

祁洛郢百無聊賴下，選擇和助理進行生活經驗探討，「阿佑，你會讓朋友看你的手機嗎？」

阿佑一邊開著車，一邊認眞思考，「要看是什麼樣的朋友，女朋友嗎？雖然我沒有女朋友，但我可以想像那個情境。」

祁洛郢乾脆地打斷阿佑腦海中的畫面，「不用想像了，是男的，只見過兩次面的那種交情。」

「那就是不熟的朋友吧？而且還是男的……」阿佑嘖了一聲，「當然不會給他看啊，要是被看到我相簿裡的屁屁照怎麼辦？」

祁洛郢突然後悔開啓這個話題，「你不需要把這方面的喜好告訴我。」

「等一下！祁哥是不是把我當變態了？」

「你有自知之明，我就不多說了。」

阿佑立刻激動澄清，「那全部都是我的屁股！」

祁洛郢沉默片刻，不認爲他這樣說有比較好，「你不用再解釋了。」

「我屁股上長了幾顆痘痘，看不到很難擠，只好用手機拍，這種事情很正常啊，大家都會吧？」

我不會！

孟卻白應該也不會吧？

不對，他想這個幹麼？

祁洛郢不想繼續討論助理的屁股，不過這一番對話也讓他確認，連阿佑的手機都有不想被看到的東西了，何況是他們這些更需要保護隱私的演藝人員？所以孟卻白發現他靠近，以至於不小心失手摔了手機也很正常。

可是如果他不想被看到手機裡的東西，鎖定螢幕就好了，有必要反應那麼激烈嗎？

難道是因爲手機吊飾被笑的關係？

你會不好意思就不要用手機吊飾啊！

於是，祁洛郢忍不住開啓新的話題，「男人用手機吊飾被發現會很不好意思嗎？」

「以前男女都會用手機吊飾吧，雖然男性使用的比例比較少，現在就沒那麼流行了。時代在進步啊，以前祁哥的周邊還做過手機吊飾呢，現在已經改成做手機殼了。」

一提起周邊商品，祁洛郢內心五味雜陳，「我的周邊還在賣？」

儘管他想做個專業演員，但是公司對他的經營和偶像沒兩樣，特別是周邊的部分，當時流行什麼就做什麼。寫眞集、海報、桌曆這種基本款不稀奇，他看過自己的臉被印在杯子、襪子、毛巾、抱枕、床單上，還做成轉印貼紙，買了之後想印在哪裡都可以，簡直不能再更羞恥。

「聽說賣得很好，大部分產品是限量的，需要預先登記，而且參與人數踴躍，最後還得抽籤才能買。」

星河娛樂的態度一直都是——有人要買，爲什麼不賣？甚至用了飢餓行銷手法，想買還不一定能買到，加上又是限量商品，導致有增值轉賣的空間，讓不想買的人都想買了。

祁洛郢想不出理由反駁，索性眼不見爲淨，從來不關心自己的臉又被拿去印在什麼東西上。

祁洛郢思緒一動，又傳了一則訊息給孟白白。

水各一方：「你買過祁洛郢的周邊嗎？」

孟白白：「買過。」

水各一方：「你總算回覆了，買了什麼？」

孟白白：「我手機壞了，剛到家用電腦，能買到的都買了。」

水各一方：「你眞的每個祁洛郢的周邊都買了？」

手機壞了？今天是容易把手機弄壞的日子嗎？

祁洛郢出道十年，每年都有季度限定周邊，如果每樣都買，累積下來可是一筆數目不小的費用。

果然是忠實粉絲啊！祁洛郢不知道自己該不該勸孟白白不要亂花錢，周邊的收益其實大多都進了公司的口袋，他主要收入還是靠片酬和代言費。

孟白白：「今年度的粉絲限定周邊已經登記截止了，你想買得等明年春季周邊預購活動。」

孟白白說完還傳來一篇名為〈祁洛郢限定周邊預購祕訣〉的文章網址，作者正是孟白白。

祁洛郢看了兩眼就為之讚嘆，他完全不曉得買他的周邊這麼困難。

首先得註冊星河娛樂的會員，成為會員後要每天去網站簽到，會員忠誠度能提高中籤率。如果前一年度消費滿額可以升等為VIP會員，VIP會員可以選擇一項最喜歡的商品，之後可獲得優先購買權。

孟白白的貼文裡寫，他把全家人都註冊為會員，並且把每個帳號都養到VIP，這樣需要抽籤的商品數量就可以降到最少，要是真的沒有抽中，就上拍賣網站，或者和社團裡重複中籤的粉絲購買。

祁洛郢看到這裡不知道該驚嘆還是該笑，孟白白的家人知道自己被強迫變成祁洛郢的VIP粉絲會是什麼心情？

而且孟白白年紀應該不大，哪來那麼多錢？

水各一方：「你是富二代嗎？」

孟白白：「這算私人問題，我不回答。」

水各一方：「我只是在想我白給你那些照片是不是虧了。」

孟白白：「你還有很多嗎？怎麼賣？」

你不只是需索無度的小妖精，還是個價值觀偏差的小妖精啊！

很多東西不是用錢能買到的！

祁洛郢覺得自己作爲一個公眾人物，背負著一定的社會責任，應該導正粉絲的價值觀。

水各一方：「不賣！」

孟白白：「你開個價。」

水各一方：「免費贈送。」

就當作VIP粉絲的額外福利吧，祁洛郢又挑了一些照片傳給孟白白，有他被粉絲團包圍的無奈自拍，也有深夜出門喬裝成功太開心而留下的照片。

水各一方：「因爲你很喜歡祁洛郢，所以才送你的。」

孟白白：「謝謝。」

雖然觀念有點偏差，但至少是個有禮貌的好孩子。

祁洛郢才舒心一秒，孟白白的訊息又來了。

孟白白：「如果之後你想賣的話，隨時可以聯繫我。」

看來這孩子的價值觀顯然沒有被導正成功！

✦

沈編劇很有效率，在劇本圍讀會後，隔天晚上就把有問題的臺詞和幾幕戲修改完畢，把新的劇本寄給主要演員們。祁洛郢收到劇本後便一陣埋頭研究，連姚可樂說想買炸雞過來慶祝他接到新電影都沒空理會。

兩天後，開鏡記者會。

開鏡記者會安排在一間藝廊裡，據說是投資方的產業之一。以白色為主色調的寬敞空間，四周牆面點綴著數幅油畫和鮮花，格調高雅。

各家娛樂記者都到場了，攝影機與相機一字排開場面隆重盛大，藝廊外則擠滿了拿著祁洛郢和孟卻白應援牌的粉絲。

薛凱鑫和祁洛郢在工作人員的帶領下低調從後門進入休息室，這裡是藝廊平時用來接待貴賓的地方，今天臨時充作兩位主演的休息室。房間大小約莫為藝廊大廳的一半，擺著沙發、茶几，周圍以幾樣雕塑和畫作為裝飾，靠外牆的一側則是一整面直上天花板的落地窗，窗外陽光和煦、綠意盎然。

祁洛郢一進門，先是讚賞了一下藝廊主人的品味，接著就看見了孟卻白，這是兩人在劇本圍讀會後首次見面。孟卻白旁邊坐著一位成熟幹練且穿著套裝的中年女性，應該是他的經紀人陳夢萍，她入行三十年，帶過好幾個天王天后，圈子裡的人見了她都尊稱一聲萍姐。

「萍姐、小孟，我們到了。」薛凱鑫和孟卻白的經紀人在工作上聯絡過數次，說不上熟識，但不影響他熱絡地打招呼，「你們來得眞早，吃過了嗎？我知道附近有間早餐店評價不錯，現在距離記者會開始還有段時間，我來叫外送。」

語畢，薛凱鑫就拿起手機準備打電話，萍姐笑笑地阻止，「小薛，不用忙，我們吃過了。」

萍姐說起話來不疾不徐，嗓音溫婉悅耳，待人十分客氣，孟卻白在萍姐身邊，跟著起身禮貌地打招呼，「薛哥好。」

薛凱鑫在前幾天劇本圍讀會上已經見過孟卻白，索性繼續裝熟，「小孟今天還是一如既往地帥啊，怪不得那麼多粉絲喜歡你。」

孟卻白看起來有些不知道該怎麼應對，只是靦腆地彎了彎唇角，萍姐莞爾，「今天的洛郢也很好看啊，越來越有巨星的架式了。」

萍姐目光落在薛凱鑫身邊的祁洛郢，祁洛郢今天穿了卡其色英倫風毛呢西裝，外面加了件名牌經典款男士風衣，染黑後的髮色襯得膚色更加白皙，經過幾天的休息，他顧盼間神采飛揚。

「萍姐好，謝謝稱讚。我知道自己離巨星差得遠了，還需要繼續努力。」祁洛郢朝萍姐燦爛一笑，跟著職業慣性地謙虛兩句，隨後他視線轉向孟卻白，「你好，上次見面沒機會好好聊聊。我能叫你卻白嗎？或者你希望我怎麼稱呼？」

「都好。」孟卻白站起來比祁洛郢高一些，穿著一身淺藍色西服，配上領結，頭髮除了幾撮瀏海都往後梳，露出光潔的額頭和高挺深邃的五官輪廓，他今天的造型格外成熟俐落。

「好，我也隨便你叫。」祁洛郢想趁著正式開拍前多拉近關係，他相信孟卻白不至於幫他取太奇怪的小名。

孟卻白輕輕點頭，開口喚了聲：「祁祁。」

「嗯？」祁洛郢一怔，懷疑自己幻聽了，但是他看見薛哥和萍姐也愣了一下。

幾秒之後，孟卻白淡定地解釋，「我聽你的粉絲都這麼叫。」

「沒問題，那我是不是該叫你——」祁洛郢想起網路上孟卻白的粉絲對他的稱呼，眼裡立刻盈滿促狹的笑意，「萌萌？」

孟卻白向來表情不多，卻在聽見這句話時，露出一種既詫異又很不好意思的神色，甚至下意識地別開眼。

萍姐發現孟卻白害羞了，頗感驚訝，同時面帶微笑地適時幫他解圍，「真的有粉絲這麼叫他，沒想到洛郢也知道。」

「我偶然在網路上看見的。剛才只是開玩笑，我還是叫你卻白吧。」祁洛郢只是臨時起意打趣孟卻白，真要他接下來三個月都這麼叫，他也叫不出口，畢竟對著一個大男人叫「萌萌」實在有點奇怪。

祁洛郢驀地想起粉絲給孟卻白的評語——高冷是氣質，呆萌才是人設，可愛到不要不要的！

也許那個粉絲眞說對了？

孟郤白似乎沒想像中冷淡？兩句話就能逗得他害羞，這樣的他確實有點可愛……

不知道是不是這幾天祁洛郢逗孟白白時被激發出惡趣味，讓他對著孟郤白也起了逗一逗的念頭。

沒多久，何平導演來到休息室。

何平約莫四十來歲，戴著黑色圓框眼鏡，眼角有淺淺的笑紋，看著很好親近。雖然今天算是正式場合，但他衣著向來隨性，淺灰色毛衣外加件黑色休閒西裝外套對他來說就算正式服裝了。

原先在休息室裡的四個人見狀立刻起身歡迎，薛凱鑫更是殷勤地上前招呼，幾個人便天南地北地閒聊，偶爾參雜幾句和工作有關的事。

儘管孟郤白很少開口搭腔，但有兩位經驗豐富的經紀人在，怎麼樣也不會讓場面冷下來。幾句話下來，氣氛熱絡，並把何導哄得妥貼又不讓人覺得虛情假意。

記者會開始前十分鐘有工作人員來請人，何平、祁洛郢和孟郤白稍稍整理一下衣服就起身跟著離開休息室，來到大廳旁拉起的布幔後，等待主持人唱名入場。

今天的記者會主持人是個頗具知名度的女星，以聲音甜美、氣質優雅著稱，她曾在何平執導的電影中演過一個角色，興許是這個原因，所以今天的記者才會安排她擔任主持人。

此時藝廊大廳裡已座無虛席，幾個相熟的同業們交頭接耳，交換八卦消息以及工作祕辛，有的攝影師則到處取景收集素材，閃光燈一陣陣亮起，場面好不熱鬧。

場控眼看時間已到，來賓也已經就位了，立刻給音控和主持人一個暗號。原先正在播放的輕音樂漸弱，取而代之的是一段氣勢磅礡的音效，提醒眾人記者會即將開始。

隨後，在冬天裡敬業穿著斜肩小洋裝的主持人娉婷出場，在場的媒體紛紛進入工作狀態。

「謝謝各位媒體朋友的蒞臨，今天是何平導演新作《上班要專心》的開鏡記者會。」女主持人巧笑倩兮，說完開場白後，介紹何平、祁洛郢和孟卻白出場。

今天的主角們一登場立刻收穫許多鎂光燈，尤其是兩位當紅男演員站在一起的時候，那畫面賞心悅目，讓女記者們心花朵朵開，連帶暗自決定明天娛樂版首頁要把兩人的照片放到最大。

三人在印著電影名字的背板牆前站定擺了好幾個姿勢，無論記者要求合照或是獨照皆來者不拒。

攝影時間結束，工作人員在臺上快速布置三張單人沙發椅，何導居中，祁洛郢和孟卻白分坐左右。一開始女主持人先請何導介紹《上班要專心》的故事概要，何導說的和記者們手上的新聞稿內容差不多，主要只是走個過場，讓記著拍下影像素材。

接著來到提問環節，一名記者舉手提問，「大家都知道何導最擅長執導愛情故事，但是您之前從沒拍攝過同志片，對於這次的新嘗試，何導有沒有想和影迷們分享的？」

「愛情是很奇妙也很美好的東西，它可以讓不相關的兩個人產生聯繫。在我看來，《上班要專心》是一個找尋愛、發現愛的故事，只是剛好發生在兩個男人之間，沒什麼好大驚小怪。我一樣會盡我所能，用影像好好訴說這個故事，希望帶給觀眾不同的體驗。」何平導演講起電影時，雙眼中總有一抹特別的神采，任誰都看得出來他對電影的喜愛，他娓娓道來的語氣更是眞誠且具說服力。末了，他也不忘開個輕鬆的玩笑，「當然，如果大家是因爲兩位帥氣的主演而進電影院，我也樂見其成。」

聞言，女主持人率先回應，笑道：「等電影上映我一定第一個去看。我們相信何導說故事的實力，也期待我們的性感男神和高冷男神之間的火花。」

主持人一說完，臺下眾人很捧場地給了掌聲。

臺上的祁洛郢坐在單人椅裡，修長筆直的長腿交疊，兩手隨意交握放在膝上，姿態優雅又紳士。他臉上維持著禮貌性的營業用微笑，側著頭像是專注傾聽，其實有一半的心神已經放空。

不過他仍聽見了主持人的話，這才想起自己某一年拍了支沐浴乳廣告，其中洗澡的畫面不過寥寥三秒，什麼點都沒有露，就被冠上「性感男神」的稱號，說起來他都不好意思。

女主持人接著又從臺下舉手的記者中點了一名，被點中的記者起身發問：「想問兩位主演爲什麼願意嘗試這個題材呢？」

主持人較靠近孟卻白，便示意他先回答。

孟卻白準確接收到主持人的眼神，拿起麥克風停頓了兩秒，似乎不太理解對方的提問，「這個題材？」

記者對孟卻白做過功課，知道面對他時問題越直白越好，便換句話說，重新問了一次，「你怎麼會想演同性戀角色？」

孟卻白點頭表示理解問題，眼神認眞地望向記著，雖然臉上還是一貫的面無表情，「我是演員。」

起初大家都以爲這是一句開場白，等著孟卻白繼續說下去，沒想到他說完這四個字就把麥克風放下，一副已經回答完的樣子。

現場頓時一片安靜，記者們面面相覷。明明藝廊裡空調溫度適宜，冬日的冷風都被隔絕在室外，此時他們卻莫名覺得有些涼颼颼的。

「所以呢？」那位記者又問了一句，試圖讓孟卻白多講點。

「所以什麼？」孟卻白皺眉，顯然不懂記者的苦心。

「我猜卻白想說的是，他身爲演員本來就沒有設限自己要演什麼角色。」眾人往聲音來處望去，原來是祁洛郢適時地插了話。語畢，他還對著孟卻白眨眨眼，「是嗎？」

孟卻白遲疑地看著祁洛郢，最終緩緩點頭，「嗯。」

記者見狀鬆了一口氣，慶幸這個問題算是有交代了，便不再追問孟卻白是否還要補充說明。

女主持人故意讓語調輕快些，試圖將冷掉的場子再次活絡起來，「沒想到祁洛郢和孟卻白現在就默契十足了呢！相信兩人在《上班要專心》中一定可以合作愉快，接下來也請祁洛郢回答這個問題。」

祁洛郢在演藝圈打滾十年，早已琢磨出一套面對媒體的方式，他對著鏡頭和記者們彎了彎唇角。

「為什麼接下這部電影啊？」祁洛郢把問題重複了一次，然後吊人胃口地頓了頓。只見他突然收起笑容，面露哀傷，半自嘲地說：「你們也知道我差點沒戲演，演員生涯準備走下坡了。」

現場的娛樂記者們當然知道祁洛郢剛被《東方夜行記》換角的事，聞言都不禁會心一笑，有的甚至直接笑出了聲，方才尷尬安靜的氣氛一掃而空。

最容易逗人笑的笑話十之八九來自於挖苦，然而作為公眾人物嘲笑、挖苦誰都不恰當，只能挖苦自己。但要如何表現幽默又不讓人看輕，就看個人功力了。

祁洛郢等現場笑聲一歇，便收起開玩笑的態度，徐徐說道：「因為工作行程的調整讓我碰巧能接下這部電影，表示它和我很有緣分，加上景仰何平導演和沈洋編劇許久，也很期待和卻白一起工作，所以決定加入劇組。我和卻白一樣，期待挑戰每一個角色。」

何平導演在一旁對祁洛郢投以讚許的目光。這是他第一次和祁洛郢合作，他本以為祁洛郢只是個小有實力的偶像派演員，沒想到他面對媒體時如此老練自然、如魚得水，卻不讓人反感。

另一名記者接著提問：「想請問兩位會考慮和同性交往嗎？」

女主持人想了想，還是請孟卻白先回答，畢竟先冷後熱總比先熱後冷好。

孟卻白依舊惜字如金，「可以。」

記者們這次連追問都懶了，就算追問得到的答案八成也讓人心累，於是他們的希望都放在祁洛郢身上。

祁洛郢敏感地發現臺下忽然投來許多期待的目光，很快便明白記者們的無奈，腦筋動得極快的他，立刻想好了合適的答案。

「我希望未來交往的對象是能理解我的人，善良、體貼就好。我一開始覺得這樣的對象應該是位女性，不過看了《上班要專心》的劇本後，我和何導、沈編劇討論了很多，了解到有時候緣分是無法掌控的。如果同性間有處得來、我也很喜歡的對象，應該可以考慮看看。」

底下立刻響起驚呼聲和興奮的竊竊私語。

祁洛郢不知道是不是看錯，眼角餘光好像瞄到孟卻白笑了一下，但他轉頭看去時，孟卻白仍是一副面癱的模樣。

「請問祁洛郢是同性戀或是雙性戀嗎？」

果不其然這樣的問題緊接而來，祁洛郢已經可以預料之後的網路新聞會出現什麼樣的聳動標題。炒熱度是把雙面刃，稍一不慎便會產生反效果，爲了避免增加薛凱鑫的工作量，祁洛郢選了個安全的回答——而且也是實話。

「我目前應該還是異性戀……」祁洛郢笑著朝孟卻白眨眼放電，然後對著記者們說：「大家別急，先讓我和卻白談場三個月的戀愛，實習一下男男戀好嗎？」

這話既給記者們寫新聞的題材，也爲電影增加期待度，儘管祁洛郢透露不排斥和同性交往的可能，實際上並沒有給出明確的答覆，讓人不知道他是爲了電影宣傳，還是眞的有可能喜歡同性。

接下來記者們又問了幾個問題，何導、孟卻白、祁洛郢紛紛答了。

最後，記者會在何導的溫和感性、孟卻白開口必冷場和祁洛郢的妙語如珠下圓滿結束。

由於兩位主演給出的檔期有限，拍攝《上班要專心》的時間並不寬裕，導致工作日程安排緊湊，上午召開記者會，下午劇組就要正式開鏡。

記者會開始前何導約了兩位主演在附近吃飯，說是開拍前再熟悉彼此一下，孟卻白和祁洛郢都答應了，所以記者會結束後兩人並沒有馬上離開，而是準備先回休息室等待。

薛凱鑫約了廠商談合作計畫，記者會開始沒多久就交代助理陪著祁洛郢，自己先行離去。阿佑當初是對五光十色的演藝圈充滿好奇才應徵了這個職位，祁洛郢工作時他總在一旁看得饒有興味。這次記者會也不例外，他站在不遠的走廊上看完全程。

「祁哥，辛苦了。」記者會一結束，阿佑立刻迎上前去。

祁洛郢喉嚨發癢，忍不住輕咳兩聲，「喉糖買了嗎？」

開鏡記者會上，明明導演和兩位主演都出席了，但祁洛郢有種只有他和何導受訪的錯覺。而且他不知道自己怎麼就變成孟卻白的翻譯了，一個人說了兩個人份的話，導致他現在喉嚨有些不舒服。

「放心，昨晚我收到你的訊息後一直記著，早上來的路上就買了。」阿佑立刻從背包裡拿出喉糖，滿臉關心，「你喉嚨怎麼了？感冒了嗎？我去把風衣拿過來，還是你要來杯檸檬汁？如果薛哥知道了八成又要念你。」

祁洛郢揮了揮手表示都不用，「沒事，我只是話說得太多。」他邊說邊朝阿佑使了個眼神，讓他降低音量。

他接過喉糖後趕緊含了一顆，讓過度使用的喉嚨舒緩不少。

祁洛郢知道孟卻白話少，對他的冷場能力做了心理準備，才會請助理提前準備喉糖，果然派上用場。

孟卻白走在祁洛郢身後，聽見祁洛郢和助理的對話，知道祁洛郢爲他分攤不少訪問量，一起進入休息室後，他走上前誠心向祁洛郢致歉，「對不起。」

祁洛郢拍了拍孟卻白上臂，頗有義氣地說：「我們以後就是夥伴，幫這一點小忙不算什麼。」

「謝謝。」孟卻白朝祁洛郢笑了笑，笑容說不上燦爛，但比方才記者會上笑得明顯許多，宛如寒冰融化，在孟卻白那張高冷清俊的臉上添了些暖意，甚至給人幾分好親近的感覺。

「你笑起來好看，應該要多笑。」這是祁洛郢眞心的評價。假如孟卻白在記者會時能這樣笑，一定能讓記者們多拍一倍的照片。

孟卻白聽了有些不太好意思，笑容反而收斂了幾分。只見他像是突然想起了什麼，伸手進大衣口袋掏了掏，「還有手機，我收到了，這個也謝謝。」

祁洛郢發現孟卻白用上了他讓阿佑買的那款手機，不過這次手機沒有再掛上任何吊飾。

爲什麼呢？手機吊飾應該沒有摔壞的問題吧？

還是孟卻白也覺得一個大男人用手機吊飾很不好意思？

孟卻白注意到祁洛郢的目光，「怎麼了？」

「沒什麼，剛好想一些事情分心了。」祁洛郢露出一個歉然的微笑，「不用道謝，追根究柢是我害你摔了手機。」

「手機是我自己摔的。」

「那也是因爲我嚇到你了。」祁洛郢拍了拍孟卻白的肩膀要他別再在意，以祁洛郢現在的片酬，買一支手機送孟卻白根本九牛一毛，重點是接下來可以合作愉快、心無芥蒂，「好了，我們都別把責任往自己身上攬了，能合作也是緣分，我們加個好友以後方便聯絡吧？」

祁洛郢主動拿出手機點開社群，用他認證過的官方帳號加朋友。

孟卻白似乎感到意外，愣了幾秒才拿起手機避開祁洛郢的視線操作了幾下，然後才拿過來掃描祁洛郢的行動條碼，「我的帳號不太常用，好友裡只有家人。」

孟卻白這個帳號很乾淨，大概和水各一方的帳號差不多，好友欄就三個人，兩個姓孟的男性和一個叫孟母難爲的女性，現在多了一個祁洛郢。

「若不是你親自加我好友，我都要懷疑這個孟卻白是假帳號了。」祁洛郢打趣道。

他聽見孟卻白說自己的帳號只加家人，便忽然有點猶豫，他知道不少圈內人很保護隱私。剛剛臨時起意說要加好友只是出自於往後三個月要朝夕相處，想拉近彼此的關係，但如果因此讓孟卻白感到不舒服就弄巧成拙了。

「如果不方便，不加也沒關係。」

「不會，我想加你。」孟卻白盯著好友欄裡祁洛郢的名字看了好一陣子，心情很好，不只唇角上揚，連眼裡都染上了笑意。

「哦？」祁洛郢看著孟卻白的反應，心想難道孟卻白真的沒什麼朋友？他是不是應該多關心孟卻白？

孟卻白聽見祁洛郢語調上揚，像是有什麼疑問，抬眼望過去，「怎麼了？」

祁洛郢見孟卻白如此坦蕩，反而不好意思繼續追問，最終只是搖搖頭，「沒事。」

此時，萍姐推門進來，對休息室裡的三人點點頭，接著轉達剛剛收到的消息，「何導臨時有通重要的電話，講完馬上過來。」

於是，兩組人分別挑了張沙發坐下，萍姐和孟卻白討論未來的工作安排，孟卻白拿著手機像是在做紀錄，祁洛郢和阿佑則有一搭沒一搭地閒聊。

阿佑想起了記者會上的問題，興致盎然，「祁哥，我剛剛聽到你說會考慮和同性交往，是真的嗎？」

祁洛郢滑著手機，正好看見孟白白把方才記者會的網路新聞轉貼到誤入祁途裡。不過不確定孟白白是不是在忙，貼文搭配的文字很簡短，只寫了很期待新電影。

雖然字數不多，但光憑孟白白隨時注意他的消息就讓他心情很好。這次他不敢再亂點什麼特殊表情，中規中矩按了讚，隨手在下面留言打了句「我也很期待」。

祁洛郢送出留言後才懶懶地理睬阿佑，只見他眉眼微抬，睨了助理一眼，「你仔細想想，我現在準備拍的是同志電影，倘若說不可能和同性交往，萬一大家都因此幻滅不想看了，這部電影的票房成績受到影響怎麼辦？」

阿佑偏了偏頭，顯然沒聽懂，「所以，祁哥你會和同性交往嗎？」

「怎麼可能。」祁洛郢答得雲淡風輕、理所當然。

「記者會上都是善意的謊言？」阿佑恍然大悟，看著祁洛郢的眼神裡多了幾分敬佩。

祁洛郢被阿佑講得有些掛不住臉，便想拉個同伴證明自己的說詞沒問題，就對著孟卻白問：「你剛剛也是配合電影宣傳說可以的吧？」

沒想到孟卻白不配合，靜靜看著祁洛郢，冷冽的聲線像冰塊似的，「不是。」

「不是？」祁洛郢訝異地微微瞪大眼睛，兩手在身前圈出一個男人的寬度，像是要提高說服力，「你想想看，要抱一個和你一樣的男人——」

孟卻白打斷了祁洛郢的話，語氣淡淡的，「我是同性戀。」

休息室裡一瞬間安靜了下來。

孟卻白聲音不大，但足夠讓休息室裡的四人聽得清楚。

祁洛郢愣住了，他沒懷疑過孟卻白的性向，更沒想過他會出櫃。

他甚至懷疑自己聽錯了。

祁洛郢目光往旁一掠，萍姐和阿佑臉上是程度不同的驚愕表情。

「呃……抱歉，我對同性戀沒有偏見。」祁洛郢太過震驚以至於忘了控制表情，這時候他想裝作若無其事已經太遲了，只好先道歉，內心卻是百轉千迴。

明明沒聽說孟卻白是同性戀啊！

出櫃不是應該慎重其事嗎？一個剛出道的新人這麼說沒問題嗎？

而且對著之後將一起演吻戲和床戲的男人說你其實喜歡同性不太好吧！

「沒關係，你不用在意。」孟卻白目光微垂，纖長的睫毛在臉上落下陰影，看不出是生氣還是真的不在意，只是語調比平時略低。

「咳，如果你想聊聊——」祁洛郢沒遇過這種情形，還在斟酌著如何開口，孟卻白就已頭也不回地離開休息室。

萍姐畢竟見過大風大浪，面上的訝異和錯愕只停留片刻，她很快就反應過來，對祁洛郢和阿佑抱歉地笑了笑，禮貌地提出請求，「不好意思，剛才的事能請你們不要說出去嗎？」

「萍姐，妳放心，我們一定保密。」祁洛郢立刻答應，大事化小，小事化無對他也比較好。

「對對對，我們絕對不會說的！」阿佑跟著附和，他也嚇到了，沒想到會聽到炙手可熱的高冷男神親口出櫃。

「謝謝你們。」萍姐感激地看了兩人一眼，就著急地出去找孟卻白。

休息室裡再度陷入沉默，過了一會，阿佑忍不住問：「祁哥，你覺得孟卻白為什麼突然公布性向啊？」

「當然是因為我說錯話了。」祁洛郢往後靠進沙發裡，頭向後仰，手背蓋在雙眼上，他現在懊惱得想把幾分鐘前的自己掐死。

好不容易才與孟卻白和好，他怎麼就失言了？

不是好預兆啊！

兩人友誼的小船翻了又翻，這部電影還能拍得順利嗎？

✦

何導選的餐廳平價美味，而且他今日談興頗佳，從拍攝第一部電影時的艱辛，聊到如今電影圈的環境變化，滔滔不絕。

萍姐是個很好的談話對象，無論何導說了什麼都能搭上幾句，祁洛郢偶爾也會順勢加入話題，但大部分時間他都有些心不在焉，眼神不時飄向孟卻白。

阿佑則安分坐在祁落郢身邊，勤快地幫大家添飲料、遞菜，謹遵薛凱鑫的囑咐——工作上不要多話。

不知道萍姐跟孟卻白說了什麼，他現在看起來彷彿什麼都沒發生過似的，坐姿筆挺，吃相文雅，肯定家教嚴謹……除此之外，祁洛郢沒看出別的東西。

孟卻白目不斜視，專注吃著飯，只有被何導點到名字時會回應一兩句，態度不冷不熱，何導也像習慣了，不以為忤。

幾分鐘前發表衝擊性宣言的主角好好的，反而是聽眾被弄得食不知味、心神不寧，這是什麼道理？

「你最近還好嗎？」祁洛郢放下碗筷，決定試著和孟卻白搭話，就當作關心臨時的螢幕男友。只是說錯話的前車之鑒不遠，讓他不免小心翼翼，斟酌再三後只問出了如此平淡的一句話。

孟卻白先是望了他一眼，接著用餐巾擦了擦嘴角，不疾不徐地回了句：「很好。」

聞言，祁洛郢有種無處著手的感覺，他暗暗嘆了口氣，又問：「工作還順利嗎？」潛臺詞是想問對方最近是不是有受到什麼刺激？

孟卻白停頓了一下，認真給出兩個字的答案，「一般。」

「你想在演藝圈待多久？」祁洛郢知道自己在休息室的發言不恰當，但一個正常人且還是公眾人物，應該不會因為別人隨口講出的幾句話就出櫃吧？所以祁洛郢猜測，孟卻白說不定想退出演藝圈了？

孟卻白偏了偏頭，「沒想過。」

祁洛郢又想嘆氣了，故意語帶促狹，「你說過最長的話該不會是臺詞吧？」

孟卻白的表情總算有些波動，「你怎麼知道？」

祁洛郢沒想到孟卻白會承認，還以爲在開玩笑，直到對上他的眼神才發現他極爲認眞。

祁洛郢無奈地搖搖頭，苦笑道：「我瞎猜的。」

「呵呵，看你們聊得開心我就放心了。」

祁洛郢一回頭，瞥見何平導演正看著他們兩人欣慰地點頭。

「洛郢和小孟很有話聊呢！」萍姐笑咪咪地附和。

哪裡聊得開心了？

哪裡又很有話聊了？

祁洛郢控制住翻白眼的衝動，也忍住吐嘈，微笑道，「多聊天有助於培養默契，我剛問了卻白好多問題。」說到這裡他頓了頓，朝孟卻白丟了個鼓勵的眼神，「不如換卻白問問我？」

祁洛郢心想，連續被句點實在太累了，不如讓孟卻白主動提問試試看？

孟卻白有些遲疑，「什麼問題？」

「隨便問。」祁洛郢張開雙臂擺出落落大方的態度，何導、萍姐、阿佑在一旁等著看好戲。

孟卻白沉默一會，目光落在祁洛郢臉上，語氣認眞，「你有交往對象嗎？」

這個問題涉及個人隱私，就算是熟人間多半也不會問得這麼直白，更別提孟卻白和祁洛郢今天才見第三次面而已。

萍姐的表情有一點不自然，瞧祁洛郢第一時間沒回答，便拉了拉孟卻白在桌子下的衣襬，暗示他先別說話，同時對著祁洛郢露出笑容，開口打圓場，「這個問題不用回答沒關係……」

祁洛郢知道萍姐是好意，但他既然說了隨便問，那不管怎樣他都會給出答案。

於是，他朝萍姐彎了彎唇角，搖搖頭表示沒關係，右手撥了撥額前的碎髮，看向孟卻白，笑得明媚動人，「我的交往對象不就是你嗎？」

孟卻白瞪大雙眼，目光緊緊盯著祁洛郢，張口欲言，最後卻沒說出半個字。

「未來三個月，請多多指教。」祁洛郢風度翩翩地朝孟卻白伸出手，孟卻白愣了一下才握上。

「哈哈哈！好啊！期待你們這對螢幕情侶！」何導爽朗地大笑。

這個尷尬的問題就這麼被祁洛郢含糊地帶過，祁洛郢也不知道爲什麼自己不想回答，也許是爲了給下個月上檔的電視劇預留緋聞操作空間？也許是不曉得孟卻白問問題的動機，所以下意識避開？

飯後，何導自駕，祁洛郢與孟卻白兩人各自搭乘自家經紀人和助理的車趕赴拍攝現場。

祁洛郢原本就很煩躁，午飯後更煩躁了。他一上車就專注地盯著手機，手指不斷地滑著螢幕，彷彿在處理重要的事，但他其實只是在搜尋「如何和同性戀朋友相處」。他一口氣開了將近二十個網頁，把能查到的報導和討論幾乎都看了一遍。

祁洛郢查資料時，順手點開社群APP，打了一則訊息想傳給姚可樂，但想到他現在八成正在錄節目，無法馬上回覆，而且姚可樂有著不輸狗仔的八卦雷達，後續肯定會追問更多問題，就轉而把問題丟給孟白白。

水各一方：「你有朋友是同性戀嗎？」

孟白白回得很快，像是剛好有空。

孟白白：「目前沒有。」

水各一方：「喔。」

孟白白：「問這個做什麼？」

水各一方：「沒事，隨便問問，我還是自己克服吧。」

孟白白一頭霧水，回了不明所以的兩個字。

孟白白：「加油？」

水各一方：「加油什麼？」

孟白白：「如果你喜歡的對象不喜歡同性，你會很辛苦。」

祁洛郢愣了幾秒後意會過來，他被當作同性戀了嗎？

水各一方：「不是我！是我的朋友。」

孟白白：「喔。」

水各一方：「你是不是不相信？真的是我朋友！」

孟白白：「你不用向我坦承性向。」

祁洛郢看著這句話，突然有所觸動，連忙補了一句。

水各一方：「一般人會對誰坦承性向？好朋友？」

孟白白不知道去忙什麼了，祁洛郢等了快十分鐘都沒等到回應。

此時，另一台車上。

孟卻白沒有請助理，不過配有專屬司機，想去哪裡都很方便。這台休旅車外表看起來不起眼，內裝卻是應有盡有，包括可以讓人躺平休息的舒適座椅、小冰箱、掛衣的空間和更衣的拉簾等等。

駕駛座和後座之間有道隔音玻璃被放了下來，後座的乘客只有萍姐和孟卻白，萍姐上車沒多久就對孟卻白開口，「你調適好了嗎？想和我談談嗎？」

孟卻白點了點頭，把和水各一方的對話視窗關掉，登出孟白白的帳號，把手機收進口袋，「好。」

萍姐點點頭，用長輩關愛晚輩的眼神看著孟卻白，「我和你媽媽是好朋友，如果你不想告訴她，我可以幫你保密。」

「沒關係，她知道。」

聞言，萍姐沒有說什麼，只用理解的眼神望著孟卻白。

「我喜歡祁洛郢。」沒有多餘的解釋，孟卻白選擇直接坦白。

饒是萍姐浸淫娛樂圈數十年，見過大風大浪，也沒遇過現在這種情況，沉默片刻後，她整理思緒，「所以你才臨時把這部電影的投資和檔期提前，還指定要和祁洛郢合作？」

「碰巧，原本不急，也不確定真的能合作。」

「你的想法呢？接近他，和他合作，然後？」

孟卻白不認爲萍姐猜不到他的想法，到了萍姐這樣的年紀和資歷，看盡七情六慾，肯定對他的企圖心知肚明。於是，他不答反問，「萍姐，妳覺得我有希望嗎？」

這個問題實在不好回答，如果孟卻白不是老友所託，如果孟卻白的對象也是同性戀，萍姐可能會試著鼓勵孟卻白，可惜如果從來都只是如果。

萍姐不想傷害孟卻白，語氣委婉含蓄，「你是個好孩子，只是祁洛郢看起來不像會喜歡同性。」

「我知道。」孟卻白垂著頭，悶悶地說著。

萍姐心疼地看著孟卻白，嘆了一口氣，「這三個月你們相處看看，交個朋友也不錯。」

「嗯。」

祁洛郢還不知道被他評爲需索無度的小粉絲就是孟卻白，依舊拿著手機查詢和同性戀的相處之道。

網路上的教學很多，不外乎就是不需要特別對待、給予對方充分的尊重和理解，若朋友向你出櫃表示他很信任你，請好好珍惜這段友情云云。

孟卻白很信任自己？

怎麼可能？

他和孟卻白見面三次，每次聊天都快把天聊死，即便後來加了社群好友，但在此之前兩人根本沒有來往啊，哪來的友情？

難不成孟卻白根本沒想過出櫃？當時只是個意外？

可是孟卻白不像會衝動行事的人啊……

祁洛郢總感覺自己的腦袋要當機了，拿著手機滑了又滑，臉色凝重中透著幾分焦躁。

「祁哥，別想了，你和那些女明星演戲都沒事了，這次也會順利的。」

祁洛郢沒想到阿佑在沒看到他手機畫面的情況下，還可以猜中他的想法，該不會是自己的表情太過明顯？

仔細想想，阿佑說得也對，難道那些女明星不是異性戀？怎麼他和女性拍感情戲就不煩惱這些事？況且其中有幾位合作對象還曾頻頻向他示好，但自己最後不也都順利地走過來了嗎？

孟卻白是同性戀又如何，兩人都是演員，既然選擇了這份工作，那在工作上他們就只是演繹作品裡的角色而已，和演員本身的個性、喜好、性別、性向都無關。

「誰說我在想他的事了？」

「好好好，你沒想孟卻白，我是亂講的，只是祁哥你不喜歡孟卻白就別撩他啊，剛才吃飯的時候他都臉紅了。」

「我哪裡撩他了？那是幽默，大家都聽得出來我在開玩笑，而且你哪隻眼睛看到孟卻白臉紅了？明明他一直都維持同一個表情。」

「可能是第六感吧，我發現他看你的眼神怪怪的，似乎也比較願意和你多說幾句話。」

「你不要因爲他的性向就對他有先入爲主的想法，雖然我還算受歡迎，但不至於覺得大家都會愛上我。」祁洛郢認爲阿佑想太多，他完全沒感覺到孟卻白對自己特別熱絡。

語畢，祁洛郢又複習了一遍網路文章——對同性戀朋友一視同仁，無須差別對待。

車子平穩駛入一棟大樓的地下室，停妥後阿佑解開安全帶，看了一眼手機訊息，對著後座的祁洛郢說：「祁哥，剛剛收到通知，服化已經準備好了，你到片場可以直接上妝換衣服。」

「好。」祁洛郢做完心理建設，唇角揚起一抹恰到好處的職業笑容，對著車窗反射的倒影看了一眼，確定自己的狀態完美無懈才打開車門下車。

✦

《上班要專心》片中含大量的辦公室場景，比起在攝影棚搭景，何導選擇直接租用商辦大樓的其中一層，再依拍攝需求進行設計及重新裝修。

經過道具組精心布置後，拍攝現場基本上和現實辦公室沒兩樣，如此一來可以讓演員們更有帶入感。

祁洛郢和阿佑一起上樓，出電梯就看見劇組的人忙進忙出，他們一一禮貌地和大家打過招呼後，祁洛郢就被工作人員帶進化妝間。

孟郤白比他先一步抵達，此時正坐在化妝鏡前上妝，兩人目光相會，寒暄幾句便各做各的造型。

祁洛郢飾演的角色叫林予澄，是JC公司行銷部副理，爲了配合角色內斂的性格，服裝師搭配的衣服都是走沉穩保守路線。

祁洛郢大概就是所謂的天生麗質，他的膚質好到化妝師稱讚不已，甚至不用遮瑕，只上了輕薄底妝、修飾眉毛和唇色。至於頭髮則大半都抹上髮膠往後梳，僅在額前留下些許瀏海。

最後祁洛郢換上深灰色細條紋的訂製西裝搭配深藍色領帶，戴上細框平光眼鏡，看起來斯文俊美，角色形象完美轉化。

一旁的孟卻白也換好裝，他的角色是初入職場的新鮮人，個性衝動、樂於助人。在初期的戲份裡造型師爲他準備了較爲寬大的藍色西裝，用來突出青澀感，明亮的顏色也比較能襯托出角色的青春朝氣。

「緊張嗎？」祁洛郢打理好造型後就拉了張椅子坐到孟卻白身邊，問了一句。

孟卻白正在看劇本，聞言抬頭望向祁洛郢，輕輕點頭，「和你對戲很緊張。」

「爲什麼？」總有新人會這麼對祁洛郢說，每次他都是笑笑地反問。

「你是前輩。」

「說得好像我多老似的，我也才大你兩歲。」祁洛郢在知道自己將和孟卻白對戲時，順手查了一下對方的資料，意外得知他倆是同一間大學表演系畢業的。

「演員資歷十年，拍了八部電影、十部電視劇。」孟卻白平靜地說著。

祁洛郢不禁微微咋舌，「你居然比我本人還清楚！」

「做過功課。」

祁洛郢忽然有點欣賞孟卻白了，他喜歡和認眞的人合作，眼裡染上笑意，嘴上慣性開個玩笑活絡氣氛，「還好何導安排的第一場戲不是吻戲。」

「嗯？」

「不然不就更緊張？」祁洛郢朝孟卻白眨眼，讓他自行會意。

「那倒是。」孟卻白想像了那樣的畫面，深深贊同。

演員的職業操守四：工作時的心動都是入戲太深

《上班要專心》第一場拍攝的是面試戲。

主要場景在一間由大片玻璃和金屬鐵件隔出的寬敞會議室，其簡潔明亮的風格與冷色調的裝潢給人一種專業又氣派的感覺。

「三號面試者，江寧軒請進。」會議室門口站著一名年輕女子，胸前掛著人事部職員證，手上拿著面試名單，正對著會議室外的面試者們唱名，排排坐的面試者面面相覷，無人應答。

會議室裡坐著三名面試官，左邊是穿著粉色套裝的女性，中間是林予澄，右邊是飾演林予澄下屬的一名年輕男演員。

此時氣氛安靜得壓抑，讓人連呼吸都下意識地放輕。

「三號面試者，江寧軒。江寧軒在嗎？」女職員再次唱名，這次聲音比前次大了點，面試者們都挪開了視線。

幾次唱名都沒有人回應，這位面試者顯然並不在這，年輕女職員見狀只好推開會議室的門，向中間那位面容俊美，氣質冷若冰霜的男性報告：「林副理，不好意思，三號面試者不在現場，不過他上午有參加筆試。」

三號面試者在上午時熱心幫了女職員一個小忙，所以她才會多說一句，雖然人微言輕，但也算是略盡心意。

林予澄聽見後，金色細框眼鏡下的眼睛淡淡往門口一瞥，沒說話。倒是旁邊的人事經理朝下屬點頭，表示知道了。

「林副理，您看是不是調換一下順序，讓四號面試者先進來？」人事經理由一位頗有資歷的女演員飾演，她的笑容平易近人，將角色演繹得恰如其分。

林予澄伸手看著左腕上的手錶，沉默不語。眾人就這樣僵持著，時間流逝五分鐘後，他輕輕哼了一聲，「下一位。」

會議室外傳冷不防來一陣奔跑聲，職員們和面試者紛紛扭頭看向聲音來源處。

「不好意思，我遲到了。」孟卻白飾演的江寧軒喘著氣出現在會議室門口，臉上滿是緊張與擔憂，額上布滿汗珠。

嗯，完全沒有私底下那副高冷的樣子，祁洛郢暗自給孟卻白的演技一個及格的成績。

「沒關係，坐吧。」人事經理見慣了這種場面，朝他溫婉地笑了笑，客氣地請江寧軒入坐。

「你是不是應該說明一下你為什麼會遲到？」林予澄冷冷質問。

「樓下有一位老先生的水果被人撞得掉了滿地，我花了一點時間處理，所以才遲到。」江寧軒急急解釋著。

林予澄不為所動，稍稍沉下嘴角，臉上明顯露出不耐，「這是你的藉口嗎？」

「林副理，我們要不要先進入正式面試的環節，開始問問題？」人事經理出聲打圓場。

林予澄又看了一眼錶上的時間，隨即抬頭向江寧軒宣布：「面試已經結束了，請你離開。」

「啊？我才剛到。」江寧軒瞪大眼睛，滿臉錯愕地僵立在原地。

「每位面試者的面試時間為十分鐘，你遲到八分鐘，從你進來後過了三分鐘，現在已經超時了，請你出去。」林予澄說話的時候一個眼神都沒給江寧軒，態度無禮得讓人生氣。

只有JC公司的員工知道，林副理最討厭遲到且很重視效率，他不想把時間花在無關緊要的人事物上。如今確定不會錄取江寧軒，那他自然不會再把任何心思與精力放在江寧軒身上。

江寧軒試圖挽回，畢竟他為了這次的面試付出許多心血，「我眞的很想在貴公司工作，可以給我一個機會嗎？」

「請下一位面試者進來。」林予澄不耐地朝門口的職員揮手示意，當著江寧軒的面把他的資料丟進垃圾桶，隨即看起下一位面試者的資料。

會議室裡再度鴉雀無聲，站在門口的女職員收到命令，立刻上前請江寧軒離開。

「謝謝。」江寧軒很是委屈，但自己確實理虧在先，繼續堅持下去似乎也於事無補，只好垂頭喪氣地走出會議室。

「卡！」當江寧軒的背影消失在鏡頭前時，導演才喊停。

現場的工作人員或稍作放鬆、或調整器材，等著何導下一道指令。

祁洛郢褪去方才那副冷淡高傲的樣子，孟卻白也恢復成平常的面無表情，兩人和身邊的演員、工作人員說聲辛苦了，接著一同走向何導。

何平正坐在導演椅上專注地盯著回放畫面，祁洛郢和孟卻白站在何導身邊一起觀看，順便檢視自己的表現。

「不錯不錯，差不多就是這樣。」何平看見主演過來，立刻讓畫面停在幾個片段，向他們指出希望微調的地方，「林予澄可以再討人厭一點，江寧軒再表現得更委屈一點，路邊被遺棄的小狗的眼神知道嗎？」

祁洛郢、孟卻白一一應下。

何導又重新回放兩遍，確認畫面沒有問題後，朝眾人宣布，「這幕再來一次，補幾個近景和特寫鏡頭。」

說完，他就拿著分鏡表和攝影師、演員們說明想要取的特寫角度和片段，在不穿幫的前提下，他打算多機作業以減少拍攝的次數。演員也不用反覆演繹太多次，同時減輕演員負擔及降低不連戲的可能。

眾人得知剛才那場戲的全景部分過了，緊繃的情緒放鬆了一點，畢竟好的開始可以讓工作氣氛更和諧。幾個工作人員暗自給兩位主演好評，看來他們除了顏値極高外，演技也有一定水準。

拍完特寫、清空臨演後，大家繼續拍攝第二場戲。

一位拿著掃把、穿著樸素與周遭白領格格不入的白髮老人從電梯出來，走過書報區、會客區和辦公區。公司裡沒人阻擋他，員工甚至都親切地向他打招呼，老人一一微笑回應，徐徐走進會議室。

會議室裡正在討論的三人見狀立刻起身鞠躬問好。

「許董好。」

「大家好。」

林予澄走近，上半身前傾，低下頭，「許董有什麼吩咐嗎？」

原先駝背看起來平凡不起眼的老人，忽然昂首挺胸，眼神銳利地環視眾人，「小林啊，今天的面試者有一個年輕人我覺得很不錯。」

「哪一位呢？」林予澄一問，人事經理立刻把今天面試者的履歷表送上去讓許董過目。

許董低頭，在一堆履歷表中來回掃視，「不是這些人。」

林予澄眉頭緊蹙，目光落在一旁的垃圾桶，不情不願地走過去，並撿起裡頭的檔案，輕輕用袖子抹去上面的灰塵，遞給許董。

許董立刻道：「就是他。」

林予澄點點頭，語調溫和有禮，「好的，我會處理。」

「小林，我相信你的能力，你好好帶他。」

此時畫面特寫林予澄的臉，他的嘴角下沉了些，幾秒後才往上揚起，態度恭敬，「許董您放心。」

這一場戲沒有孟卻白的鏡頭，他原本可以回休息室休息，但還是堅持待在現場觀看拍攝。他的目光牢牢地鎖在祁洛郢身上，附近幾個工作人員都暗自誇他努力敬業且有上進心。

隨著太陽西下，辦公室的玻璃帷幕外換上了燈火通明的城市夜景，大家匆匆吃過晚餐後便開始拍夜戲。

江寧軒因工作失誤，誤刪歷史銷售數據資料，只好加班獨自作業、重新建檔。作爲直屬上司的林予澄雖然狠狠把江寧軒罵了一頓，卻也留在辦公室和江寧軒一起加班，這讓江寧軒不敢置信又受寵若驚。

林予澄個性冷淡不好親近，但工作態度嚴謹認眞，指導江寧軒時都是傾盡所能、毫不藏私。

江寧軒剛進入職場想力求表現，三番兩次都被林予澄潑了冷水，起初他頗有微詞，但在林予澄幾次無私的傾囊相授和今夜的協助之後，江寧軒對林予澄已經大為改觀，甚至暗暗地有些欣賞。他看著林予澄的目光裡多了幾分傾慕，有股超越同事情誼的情愫正在滋長。

兩人最終趕在天亮前勉強做完工作，精疲力盡的他們各自趴在辦公桌上小睡補眠，等待下一個新的工作日。

心有愧疚的江寧軒抬頭偷偷望向不遠處陷入熟睡的上司，此刻的林予澄沒有戴著金絲眼鏡，也褪去了平日的咄咄逼人……看著他俊秀斯文的臉龐，還有他脖頸間的白皙肌膚，江寧軒心中隱隱有所觸動。

江寧軒悄悄走近，目光在林予澄臉上流連，他的視線從對方的額前碎髮往下，眉眼、鼻梁……然後停在嘴唇，彷彿興起了親吻上司的念頭。

這個片段的鏡頭會特寫林予澄的臉，觀眾會和江寧軒的視線同步。接著畫面切換到江寧軒俯身，在這曖昧的氣氛中，江寧軒只是把自己的外套蓋在林予澄身上。

而在江寧軒走出辦公室後，林予澄緩緩睜開雙眼，偏頭看著身上江寧軒的西裝外套，目光閃動。

不過，他決定裝作毫無所覺，再次睡下。

祁洛郢收工回到家時已是深夜，今天工作十多個小時實在太消耗體力，他累得連根手指都不想動。

一進門，暖黃色的玄關燈瞬間亮起，祁洛郢繃緊一整天的神經終於放鬆，他脫下大衣掛在玄關旁的衣櫃，換上室內棉拖，半拖著腳步走到客廳，臥躺在沙發上。

不管是卸妝、洗澡、確認明天的劇本拍攝進度等等，那些事都得緩一緩，他現在只想先休息一下……忽然，手機響起訊息提示音。

孟白白：「好朋友、重視的人或者喜歡的人。」

看著這段文字，祁洛郢有些反應不過來，往前翻了翻對話，才想起自己曾經問過他同性戀者會對誰坦承性向。

好朋友、重視的人、喜歡的人……

他對孟卻白而言是哪一個？

祁洛郢首先就把最後一個選項劃掉，反正自己不可能是孟卻白喜歡的人。

他倆就見過三次面，而他在這三次裡所表現出的形象都不太好。第一次他對孟卻白愛理不理，第二次害孟卻白摔壞手機，第三次讓孟卻白看到自己言行不一的一面，一開始公開說不排斥和同性交往，沒多久又在私底下說不可能。

孟卻白就算喜歡同性也該挑個讓他有好印象的吧？

至於好朋友或是重視的人，這用來形容他們之間目前的關係似乎過了？然而他無法改變孟卻白，也不想因此改變自己，所以他打算乾脆保持現狀，因爲一點小事就刻意對孟卻白熱絡或疏遠不是他的作風。

祁洛郢思考到一半，看見薛哥詢問今天劇組狀況的訊息，隨手回了。

祁洛郢：「沒事，很好。」

薛凱鑫：「孟卻白呢？你們沒打起來吧？」

祁洛郢從沙發上坐起來，給自己倒了杯氣泡水。

祁洛郢：「還沒，打架的戲好像排在下週吧？」

薛凱鑫：「你知道我在問什麼，不要老是繞開話題！」

祁洛郢：「放心，我和他互加了好友，不會這麼快就翻臉。」

面對薛凱鑫的提問，祁洛郢總是愛說不說的，他總覺得自己的經紀人老愛操心一些根本不會發生的事情。

薛凱鑫：「不錯啊，已經加好友了。沒聽說過孟卻白跟誰相處得特別好，他和之前合作的演員好像也不熟，你好好加油。」

祁洛郢對著手機翻了個白眼，不予置評，反正他們是一起工作的同事，大家努力把戲拍完就好，能不能變成好朋友並不重要。

祁洛郢：「累了，要睡了，晚安。」

薛凱鑫：「記得啊，你們演情侶難免有親密接觸，如果不舒服就忍著，拍完就沒事了。知道你嫌我煩，我就不多說了。好好休息，明天阿佑會去接你，晚安。」

「還不是打了那麼多字？」祁洛郢看著訊息，發了點牢騷。

不過剛才他說要睡覺當然是敷衍薛凱鑫的，關閉與經紀人的聊天視窗，祁洛郢丟了訊息給孟白白。

水各一方：「今天祁洛郢新電影的開鏡記者會直播你看了嗎？」

孟白白：「看了。」

水各一方：「感覺如何？」

孟白白：「祁祁滿好的，就是孟卻白的話太少。」

水各一方：「他們兩個可能合不來。」

孟白白：「爲什麼？」

水各一方：「孟卻白的合作對象應該都不知道怎麼和他說話吧？」

孟白白的狀態顯示輸入訊息中，祁洛郢等了幾分鐘才看見回覆。

孟白白：「孟卻白的話的確比較少，可是他沒有惡意。」

水各一方：「你是祁洛郢的粉絲，還是孟卻白的？」

祁洛郢不清楚孟白白爲什麼突然幫孟卻白說話，雖然沒人規定粉絲只能喜歡一個明星，但大概是和孟白白接觸比較多，他就是不想看到孟白白轉投他人懷抱，便忍不住提醒他身爲忠實粉絲要堅定立場啊！

孟白白：「祁洛郢。」

祁洛郢看見自己的名字，嘴角上揚，喜形於色，彷彿在一場艱難的戰役裡獲得勝利似的。

水各一方：「那你幹麼幫孟卻白說話？」

孟白白：「剛好看過他的訪問。」

孟白白傳了條影片連結過來，是某個娛樂新聞訪問孟卻白的片段。

畫面裡孟卻白穿著和他氣質相襯的黑白不規則色塊襯衫和黑色綁帶窄管褲，腳上是一雙中筒靴，胸前掛著銀鍊和墜子。

化妝師給他上了霧面的粉橘色眼影，一般男星用這個顏色會太妖豔，孟卻白卻駕馭得很好，眼睛看起來深邃迷人，目光輕輕一掠時迷離又時尚，像極了化妝品海報裡的男模。

主持人問：「你知道自己被叫高冷男神嗎？」

孟卻白點頭，「知道。」

主持人爲了活絡氣氛笑了兩聲，「你爲什麼話那麼少呢？」

孟卻白還是萬年撲克臉，「沒什麼想說的。」

主持人努力維持笑容，「你從小就不愛說話嗎？」

孟卻白這次只給了一個字，「嗯。」

主持人勉強扯了扯嘴角，「要對喜歡你的粉絲們說些什麼嗎？」

孟卻白態度認眞，卻依然只吐出了兩個字，「謝謝。」

「還有其他的嗎？」主持人用鼓勵的眼神看著孟卻白。

孟卻白眼神游移，隨後堅定地回答：「沒有。」

祁洛郢看見主持人無奈地嘆氣，隨後朝鏡頭外丟了一個求助的眼神，接著馬上有工作人員遞過來一張紙，「這是我們在網路上募集你的粉絲希望你對他們說的話，可以請你幫我們念一下這張卡片嗎？」

孟卻白看了一眼，有些尷尬，「這麼多？」

主持人掩嘴笑著，頗有扳回一城的得意，「那就請孟卻白幫我們朗讀一下。」

孟卻白看著卡片上的字，表情靦腆，一字一句地認眞朗讀，「我是孟卻白，妳的男朋友。我會在妳開心時爲妳歡欣鼓舞；在妳難過時爲妳遮風擋雨；在妳成功時替妳歡呼喝采；在妳遇上挫折時替妳披荊斬棘。妳是我最珍惜的寶貝，沒有任何人能取代。在未來的日子裡我會陪著妳，我不會說甜言蜜語，但是我一直都在，我會默默守候，只要妳需要，我就會擁妳入懷，我愛妳，直到永遠。」

孟卻白念完鬆了一口氣，拿起桌上的水杯喝了一大口，途中還因爲耳根發紅，被主持人打趣是不是沒對女朋友說過甜言蜜語，孟卻白聞言差點嗆到，咳了好久。

這部影片被後製加上了內心旁白和臉紅、流汗等生動的表情符號，趣味性大增，看得祁洛郢忍不住噗哧一笑。

孟卻白比想像中有趣啊，怪不得被他的粉絲叫孟萌萌。

水各一方：「原來孟卻白會臉紅。」

孟白白：「……影片後面那段不是重點。」

祁洛郢把孟白白說「不是重點」的部分又看了一遍，然後再次被孟卻白尷尬無措還臉紅的反應給逗笑了。

由於演員經常需要對角色和情境深入揣摩，而祁洛郢觀察力不錯，重看影片後他發現孟卻白許多透露情緒的表情與小動作，比如充滿各種內心話的眼神、只可意會的淺笑、心情起伏時無處安放的雙手……

這些動作很細微，看在一般人眼裡幾乎沒有差別，可一旦讀懂後，孟卻白整個人的形象突然鮮活起來了。

其實他不怎麼高冷嘛？

水各一方：「滿可愛的。」

孟白白：「什麼可愛？孟卻白？他不可愛。」

祁洛郢只是發表偶然浮現的感想，沒想額外解釋，而且若是孟白白了解到孟卻白的可愛之處後，轉投到孟卻白的陣營，他就少一個忠實粉絲了！

水各一方：「沒事，恭喜你通過祁洛郢粉絲忠誠度測驗。」

孟白白：「……」

祁洛郢和孟白白聊完後心情提振不少，邁步走向浴室準備用熱水驅散冬日裡的涼意，順便帶走工作累積的疲憊。

睡前祁洛郢確認了隔日預定拍攝的進度，打開劇本確定臺詞熟記，慣性點開誤入祁途。社團裡依然熱鬧，且都在討論《上班要專心》這部電影。

孟白白轉貼了幾則後續新聞報導，還附了幾張記者會的現場照片，無論遠景或特寫一律都是祁洛郢，下面一堆人留言「已收藏，感謝管管」。

水各一方：「你有去記者會？」

祁洛郢有些疑惑，畢竟那些照片畫質清晰，不像影片截圖。

孟白白：「認識的人幫忙拍的。」

水各一方：「哦？有拍孟卻白嗎？」

祁洛郢玩興一起，隨口又想測試孟白白的粉絲忠誠度，沒想到被反將一軍。

孟白白：「你是誰的粉絲？」

祁洛郢笑了，他的小粉絲太記恨了，居然拿他問過的話反問他？

水各一方：「想不想要照片？」

孟白白：「好。」

祁洛郢立刻傳了幾張今天在《上班要專心》劇組裡拍的照片，照片裡他一身林予澄的造型對著鏡頭眨眼扮鬼臉，還有幾張阿佑側拍他拍戲時的樣子。

水各一方：「可以了吧？」

孟白白：「這是今天的照片？」

水各一方：「是啊，保證是最新的。」

祁洛郢心想孟白白不愧是他的忠實粉絲，果然識貨。

今天有一則和祁洛郢有點相關又不太相關的貼文出現在社團裡，只是短短數十分鐘後就被冷處理，淹沒在近百則刷新的貼文海裡。

那是關於《東方夜行記》的新聞，在祁洛郢被換角的幾天後，劇組正式宣布男主角由宋秉恩擔任，報導中還誇了幾句宋秉恩演技好、爲人謙遜，近年的作品都備受讚譽。

網頁中有張表格，把《東方夜行記》前後兩任男主角放在一起評比，比外型、演技、人品、作品、票房、緋聞，結論是由宋秉恩勝出，文章最後還大讚電影公司和導演的選擇非常明智。

這張比較表不像電影公司提供的公關新聞稿，不知道是撰文記者自作聰明抑或記者就是宋秉恩的粉絲，其中的觀點和挑選的數據都非常不利於祁洛郢。

例如人品這項，文章大誇宋秉恩出道後每年代言公益活動，不提祁洛郢長年定期捐款，只特別講到祁洛郢曾想對粉絲提告，而粉絲當初是在警局裡聲淚俱下求情才逃過訴訟——事實上那些人都是威脅過祁洛郢人身安全的黑粉。

祁洛郢看了頗為不快，原本已經昏昏欲睡，瞬間被氣得精神都來了。但不開心歸不開心，他的理智尚在，知道這張表格就是個陷阱，他根本沒必要跳進去，對此不回應就是最好的回應。

幸好祁洛郢不孤單，為數眾多的粉絲在這貼文下方留言處罵聲連連、替祁洛郢抱不平。有人發起拒看，還有人提議要去宋秉恩和報導媒體的官方專頁澄清，看起來似乎將掀起一陣波瀾，但孟白白留下一句「別給祁祁添亂」，並且關閉了該則貼文的留言功能。

於是這波「起義」的浪潮很快就消停了，粉絲們也極為克制，不再提起這件事。過了一會，那篇報導中明顯偏頗的比較表就被無聲無息地刪掉了。

✦

隔天早上六點，天色尚未轉亮，阿佑準時出現在祁洛郢家門外，把電鈴當作鬧鐘按了好幾下，才終於喚醒睡眼惺忪的祁洛郢親自開門。

祁洛郢快速洗漱後，套上外出服和大衣就被阿佑帶上車，早餐直接在車上解決，不過由於他太早起沒有胃口，只勉強吃了半個包子。

清晨人車較少，交通順暢，兩人比預定時間早抵達片場，此時劇組人員才到齊一半，正在吃早餐、準備器材、討論工作等等。

祁洛郢進到休息室時，發現孟卻白已經先到了。

「你這麼早啊？」祁洛郢懶懶地打了聲招呼，在另一張椅子上坐下。

孟卻白正滑著手機瀏覽誤入祁途裡的貼文，看見祁洛郢進來，嚇了一跳，趕緊關掉瀏覽頁面。還好他平常表情波動不大，祁洛郢並沒有察覺到他的異常。

孟卻白平復好情緒後開口，「習慣早起。」

「我就沒辦法習慣。」祁洛郢自嘲地笑了一下，轉頭看向孟卻白。

高冷男神的私服配色簡單，黑色毛衣搭配深灰毛呢休閒褲，身上沒有閃亮亮、晃眼的配飾，風格簡約好看，加上他身材比例好、身高腿長、肌肉勻稱……

祁洛郢瞇著眼睛盯著孟卻白，越看越專注，越看越靠近。

孟卻白不明所以，只能僵著身體向另一側傾斜，試圖拉開彼此之間的距離。正猶豫要不要開口詢問祁洛郢想做什麼時，就看見對方修長的手指輕輕在他肩上一觸就立刻收回。

「你有養寵物嗎？」祁洛郢手上拿著一根疑似動物的白毛，在孟卻白眼前晃了晃。

以前只能在電視或電影院裡看到的人突然放大幾倍在眼前，且就在觸手可及的地方，孟卻白一瞬間不知道自己該看祁洛郢的臉還是手。

祁洛郢沒等到答案，歪著頭又晃了晃手上的毛髮，「嗯？」

「我養了貓。」孟卻白回神，拿出手機點開一張照片展示給祁洛郢看，是一隻白色波斯貓親暱地窩在拍照者的大腿上。

「滿可愛的。」孟卻白難得和人談起私事，祁洛郢當然不會不捧場，而且照片裡的貓確實很可愛，像一團棉花糖似的。

「嗯，可愛。」

「你喜歡貓？」祁洛郢順著孟卻白的話繼續聊，想讓他多說點什麼，畢竟人對自己有興趣的話題總是比較容易侃侃而談。

「原本沒有特別喜歡。」孟卻白有些不好意思，頓了頓才繼續說：「我喜歡的一位演員曾經做了一個心理測驗，測驗結果顯示他很像貓，所以我就養貓了。」

「你的偶像？」

孟卻白猶豫了一下，他曉得自己對祁洛郢不是粉絲對偶像的那種喜歡，但現在不是適合解釋的時機，便點了頭，「快要十年了。」

「十年，那眞不容易，你很專情嘛！」祁洛郢隨口調侃，笑得眉眼彎彎，自己都不知道有多好看。

孟卻白眨著眼睛看向別處，臉上表情沒怎麼改變，倒是發紅的耳根出賣了他的心情，他起身從背包裡翻出水瓶背對著祁洛郢喝水，同時拉了拉毛衣領口試圖降溫。

祁洛郢原本還想追問孟卻白的偶像是誰，剛好化妝師進來，話題就轉到工作上去了。

今天依然拍攝在辦公室裡的片段。

第一場戲是林予澄對江寧軒的服裝儀容不滿意，皺著眉幫江寧軒繫領帶，據說這一幕是原著裡的經典橋段。

祁洛郢自己打領帶沒問題，但是沒幫別人繫過，拍了幾次都不太順手，何導乾脆給祁洛郢半小時空檔好好練習，攝影機先去拍一些未來剪輯可能會用到的空景。

祁洛郢讓助理站著當模特兒讓他練習，阿佑自然不會不願意，乖乖在祁洛郢面前站好。

一旁剛補過妝的孟卻白見狀自告奮勇，「我來。」

祁洛郢找自己助理幫忙沒什麼心理負擔，對象換成孟卻白就有些不好意思，他總覺得會耽誤到對方的時間，「你休息吧，這樣太麻煩了，我找阿佑就好。」

「沒關係，我不累。況且最後是我和你對戲，拿我練習比較好。」孟卻白語氣依舊清冷。

祁洛郢忽然意識到孟卻白居然說了這麼長的話，「你今天心情很好嗎？」

「還好，怎麼了？」

「沒事，繼續保持。」祁洛郢神祕地笑了笑，跟阿佑說了聲不用他了，便走到孟卻白面前兩手一伸，將手上的黑色領帶掛在孟卻白的脖子上，「那就麻煩你當我的練習對象了。」

孟卻白身姿挺拔、祁洛郢寬肩窄腰、身材勻稱，兩人身高相近，視線幾乎平視。此刻他們近得能看清對方挺翹的睫毛，也幾乎能感覺到彼此呼吸時吐出的熱氣，加上打領帶時的動作和投懷送抱差不多，實在很容易讓人心猿意馬。

孟卻白看了一眼祁洛郢就把視線落向後面的白牆，站得筆直不敢亂動。

祁洛郢只當孟卻白正在好好扮演一具沒有感情的模特兒人偶，並不在意兩人有沒有視線交流……說實話，倘若現在四目相接反而更奇怪。

孟卻白不清楚他自告奮勇的行爲是否正確，但是和祁洛郢靠得如此近，就算他不會做出冒犯的舉動，卻無法控制自己的呼吸心跳甚至腦海中的妄想，爲了避免產生不必要的尷尬，他必須做點什麼轉移注意力。

「你會認爲我不好相處嗎？」

「爲什麼這麼問？」祁洛郢自從上次被孟卻白發現言行不一，就避免在孟卻白面前說謊，他直覺孟卻白不喜歡聽善意的謊言。所以比起回答是或不是，他倒不如先問清楚孟卻白問這個問題的原因。

「我的話少。」

「我知道。」祁洛郢專注地打領帶，接著又解開，循環往復地練習。

孟卻白頓了頓，祁洛郢的手翻起襯衫領子時，布料與皮膚的摩擦導致他的脖子有點發癢，「你的粉絲說我們可能合不來。」

「是嗎？」祁洛郢心想，他的粉絲眞是觀察入微，原來不只他有這樣的預感。

「我最近查了一些讓話變多的說話技巧，希望有用。」孟卻白越說越覺得這樣的自己太糗，尷尬地想轉過頭，但發現到這樣會讓祁洛郢不太好抓領帶的位置，又默默地把頭轉正。

祁洛郢的手停了一下才繼續動作，顯示他對孟卻白的話不是沒有反應。

高冷男神走省話路線活了二十三年，居然想改變？

孟卻白的粉絲會大吃一驚吧？

先不管孟卻白的粉絲對此有什麼看法，至少那些曾經被孟卻白茶毒過的主持人和記者們肯定舉雙手贊成！

孟卻白一臉認眞地查怎麼讓話變多的畫面光想像就喜感十足，祁洛郢忍住捧腹大笑的衝動，努力控制語調，試圖像幼稚園老師般親切，「需要我當你練習說話的對象嗎？」

「好。」孟卻白的語調中帶著幾乎不可察覺的開心和激動——不過祁洛郢敏銳地捕捉到了。

祁洛郢暗自欣慰，他們翻了又翻的友誼小船總算不再岌岌可危了。

拍攝進行到下午時，不知道是萍姐的安排還是孟卻白有交代，何導喊完卡後，祁洛郢就聽見不遠處的工作人員們迸出歡呼，說是孟卻白請大家喝飲料、吃點心。

「給你。」孟卻白親自送給祁洛郢一份點心和飲料。

「謝謝。」祁洛郢笑著接過，低頭一看，是Fraise Glaçage的草莓鬆餅和熱咖啡，他立刻眼睛一亮，朝孟卻白投以讚許的目光，「我知道這家店的鬆餅，之前待的劇組常訂，很好吃。」

好吃到他曾經在那部電視劇的花絮裡提過一次，不過祁洛郢認爲孟卻白不會無聊到去看多年前的花絮影片，今天應該只是碰巧訂了同一間店。

孟卻白嘴角微彎，「接下來每天訂？」

「不行。」祁洛郢搖搖手指，頗有哲理地說著，「太常吃就不好吃了。」

祁洛郢沒說出口的眞實原因是他必須控制體態，偶爾破戒無妨，每天都不節制就太超過了，這也是演員的職業操守。但是這樣說太煞風景，況且他也不想直接潑孟卻白冷水，所以只好找了個半眞半假的藉口。

孟卻白嘴角的弧度降低了一點，輕輕應了一聲，「嗯。」

「你不吃嗎？」祁洛郢望向孟卻白空著的雙手。

「我等一下再吃。」

「那我不客氣了，謝謝。」祁洛郢咬了一口草莓鬆餅，奶油的香氣和水果的酸甜滋味在鮮奶油的調和下變得無比美味，也讓祁洛郢的心情愉悅許多。

孟卻白看著在附近拿著點心四處拍照的阿佑，試探地問：「你的助理平常會拍很多你的照片嗎？」

「喔，薛哥讓阿佑拍的，爲粉絲專頁貼文收集照片素材，有時候我想做紀念也會請他幫我側拍。怎麼了？」祁洛郢原本不以爲意，但孟卻白看起來像是有點擔心的樣子。

祁洛郢突然發現自己似乎能讀懂孟卻白細微的表情差異了。

「凡事小心，不要太相信身邊的人。」孟卻白收到水各一方傳來的照片雖然很開心，卻也替祁洛郢的隱私和安全感到憂心。從那些照片推測，水各一方應該是祁洛郢身邊的人……

「嗯？」祁洛郢不明白孟卻白的擔心，只是一頭霧水地看著他。

✦

祁洛郢這幾天忙著拍戲，連帶降低了和孟白白傳訊息的頻率，但孟白白好像也挺忙的。有時他半夜收工，孟白白也才有空回覆放了一整天的訊息。

祁洛郢還在思考要不要跟孟白白說孟卻白好像沒那麼難相處的事，剛點開對話框就接到姚可樂的電話。

「喂？」祁洛郢從冰箱拿出一罐氣泡水，他有預感接下來的對話需要冰涼的飲料撫平情緒。

姚可樂辨識度很高的活潑聲線從聽筒傳了過來，「聽說你突破形象接了一部同志片啊？」

「劇組都已經開拍一週了，你消息太不靈通了吧？」祁洛郢懶懶地回答著。

「我前陣子被節目製作人丟包到非洲，這幾天才自力更生買機票回來的好嗎？」姚可樂語氣悲憤，彷彿經歷了慘無人道的折磨。

祁洛郢聞言立刻沒有同情心地笑了，「玩遊戲又輸了啊？」

「喂！有這樣關心朋友的嗎？」

「你都回來了不就表示沒事了嗎？而且那是綜藝節目嘛，製作單位總歸會幫你想好後路。」

「不，因爲上一季節目收視率下滑，所以這次製作人下猛藥，想企劃都不先考慮後果的。」

祁洛郢聽姚可樂抱怨製作單位整整十分鐘後，便把話題拉回正題，「所以你打電話來幹麼？」

「你和你的網戀對象還好嗎？」

祁洛郢深深覺得姚可樂只是來補八卦進度的，沒好氣地回：「就說了我們只是普通網友，偶爾傳訊息而已。」

「那你和孟卻白呢？他本人滿帥的吧，圈子裡傳說他家境不錯，你要是想找男朋友就該找這種類型的，他比你的網戀對象可靠多了。」

「沒有網戀！我也沒有要交男朋友！不用操心了！」語畢，祁洛郢打開氣泡水喝了兩口，這才冷靜了一點。

「喔？你們親了沒？這部電影應該有吻戲吧？」

「還沒，明天拍。」

姚可樂唯恐天下不亂地吹了個特別風騷的口哨，「第一次和男人接吻？」

祁洛郢被說中了，但他立刻反擊，「是啊，當演員不比做綜藝的，我看你和同性親過的次數比異性多吧？」

姚可樂難得被堵得一時語塞，頓了頓才急急反駁，「我是受害者啊！你以為我不想和美女來賓親嗎？誰知道製作單位常常安排我和男嘉賓一組！遊戲處罰十個裡有七個要嘴對嘴，搞得部分觀眾特地到節目專頁下面留言說我自肥！天地良心，我明明是被逼的啊！」

面對姚可樂的血淚控訴，祁洛郢當然是沒良心地再次大笑。

祁洛郢一夜好眠後，吻戲也即將開拍了。

他原本不把和孟卻白的吻戲當一回事，畢竟他拍過那麼多場吻戲，就算對象換了性別應該還是可以駕輕就熟。

但是昨晚被姚可樂一鬧，祁洛郢突然覺得和男人接吻好像有一點尷尬……

《上班要專心》是孟卻白的第二部作品，大概也是孟卻白第一次拍同性之間的吻戲。不過他是同性戀，長這麼大不可能沒喜歡過誰吧？而且他長得好看，要交男朋友也不難，說不定在男男接吻方面挺有經驗的？

不對，他祁洛郢可是出道十年的資深演員，不至於得靠孟卻白的交往經驗救場吧？

祁洛郢用力搖了搖頭，試圖把腦子裡亂七八糟的思緒甩出去，他一定是還沒睡醒才會思考這些有的沒的。

他深呼吸，調整好狀態，不疾不徐踏進日漸熟悉的拍片現場，和迎面而來的工作人員熟絡地打招呼，然後走進休息室。

孟卻白依然很早就到了，正戴著耳機神情專注地注視著什麼。

祁洛郢走近，瞧見他的手機畫面是一支教學影片——教人如何接吻。

「吻戲不難，只要找好鏡位，眼神投入感情，接下來就看劇本的要求是蜻蜓點水、纏綿悱惻還是轟轟烈烈，手和肢體是輔助。」祁洛郢大略敘述他這幾年拍吻戲的心得，當作工作經驗分享。

孟郤白被突然出現的祁洛郢嚇得差點又要摔手機，約莫是有過前車之鑑，他這次拿著手機的手很穩，微微瞪大眼睛後立即故作鎮定地默默把影片關掉、拿下耳機。

孟郤白能準確說出祁洛郢和哪些女星拍過吻戲，甚至其中的場景與橋段都記得一清二楚。理智上他知道那是工作，但望著祁洛郢一派經驗豐富的樣子，心裡仍有點不是滋味。

祁洛郢見孟郤白不說話，盯著他的目光好像有些幽怨，他突然福至心靈隨口一猜，「初吻？」

孟郤白神情錯愕，欲言又止。

祁洛郢見狀就知道自己猜中了，氣氛瞬間變得有些微妙，「你上一部戲不是有吻戲嗎？」

祁洛郢當時沒怎麼認真欣賞《妳和我的小清新》，雖然具體畫面記不太清楚，但他印象中有吻戲。

「借位。」

寥寥兩字說明了一切，祁洛郢頓時靈感一來，提議道：「不如我們這次也借位？」

孟郤白在心裡承認自己有私心——他不想借位。

但是他不能說出來……至少目前還不能說。

於是，孟郤白把何導搬出來，面上不動聲色，語氣平穩，「何導說不借位，今天三場都不借位。」

「他的確這麼說。」祁洛郢曾看何導展示過這幾幕的分鏡表，當時何導還鼓勵他們培養感情，正式開拍時放開一點，他保證會把畫面拍得唯美且讓人怦然心動。

這下祁洛郢不得不正視自己準備奪走孟卻白初吻這件事了。

男人的初吻有什麼特殊意義嗎？

祁洛郢的初吻也是拍戲的時候就用掉了，當時他的心情除了緊張還是緊張，怕親不好拖累進度，也怕讓對戲的演員覺得被吃豆腐。

他甚至沒和人說過，他的螢幕初吻和人生初吻都是獻給同一位合作演員。

現在回想起來，他已經沒有什麼感覺了，那不過只是完成工作的過程罷了。

但是他不在意不代表孟卻白不在意。

祁洛郢看著孟卻白，一時不知道該不該安慰他……現在叫孟卻白找個喜歡的人把初吻送出去好像來不及了？

「借我一下。」祁洛郢視線落在孟卻白掛在旁邊椅子上的藍色圍巾，等孟卻白點頭後，他拿了就走出休息室。

十分鐘過去，祁洛郢跑著回來，一副氣喘吁吁的模樣。他對著孟卻白露齒一笑，伸手打開掌心，只見他的手掌上有一把水果糖，「你喜歡哪個？」

「你去哪裡？」

「樓下便利商店。早上沒人，用圍巾遮住半張臉沒被認出來。」祁洛郢每次偷偷出現在公眾場合沒被發現，都像完成了一場冒險似的特別開心，「快，選一個。」

孟卻白看著祁洛郢手上的糖果，隨便挑了一個葡萄口味的，只是他才剛拿起糖果就被祁洛郢搶走，然後手中被塞進兩個草莓味的。

孟卻白不明所以地看著自己的手心，爲什麼祁洛郢逼著他挑糖果，卻把挑好的搶走，硬給他別的口味？

「這是？」

「我喜歡的。」祁洛郢望著一頭霧水的孟卻白，忍不住笑了，覺得對方現在的表情特別有趣，「拍攝前十分鐘吃。」

「我吃你喜歡的。」祁洛郢朝還愣著的孟卻白眨了眨眼，接著把剩下的糖果放到休息室外的桌上，打算分享給劇組的工作人員，只把葡萄口味的糖果放進口袋。

回來後，祁洛郢彎了彎唇角，輕描淡寫地向孟卻白解釋，「初吻對象改不了，至少別讓你的回憶太糟。」

孟卻白看著祁洛郢，感覺越來越無法自拔。這個總是用自己的方式細緻地照顧身邊人的男人，儘管活得恣意任性，有時候脾氣不大好，但是他在他眼裡一直都是如此完美，讓人無時無刻都心動不已。

半晌，孟卻白才回過神，低低說了一聲：「謝謝。」

祁洛郢點頭，揚起手上的圍巾，「我洗過再還你？」

「沒關係。」孟卻白伸手接過，嗯，他才捨不得洗。

第一場吻戲是在隨時可能有人經過的公司走廊，江寧軒對林予澄表白心意，壁咚對方接著驟然吻上。

這場戲祁洛郢屬於被動的一方，對此他鬆了口氣，他只需要吃糖果、確認鏡位和走位，然後笑著看孟卻白面無表情地在片場來回踱步。

一切就緒，祁洛郢站定位後，詢問身邊的孟卻白，「緊張嗎？」

「嗯。」

「放心，盡量親，我沒關係。」祁洛郢擺出前輩落落大方的態度，試圖減少孟卻白的心理壓力。

「嗯。」

演員就位、場記板入板、攝影機開機、錄音開機，場記複述場次等資訊後，場記板落下，今天的第一場戲正式開拍。

JC公司長長的走廊上，戴著金邊眼鏡的斯文男子邁步走在前面，看起來像是下屬的年輕男子追在他後方懊惱地解釋，「副理，我和業務部的玫蓁私下沒有來往，前天晚上只是碰巧撞見她喝醉，才會送她回家。」

林予澄表情冷淡地挑眉，語氣明顯不耐，「你不必向我解釋你的私生活。」

「你不懂嗎？我喜歡你！」江寧軒上前阻止林予澄繼續往前走，並且抓起對方的手腕用力一拽，將林予澄禁錮在他和一旁的牆壁之間。

林予澄還來不及反應，就被江寧軒低頭吻上。

江寧軒一開始親的力道有些猛，後來逐漸轉為輕輕磨蹭吸吮……

祁洛郢從孟卻白吻上他時就瞪大了雙眼，看起來又驚又怒。這個反應一來是劇情需要，二來是他確實錯愕。

因為孟卻白看著自己的眼神太過認真，執拗又充滿深深的愛慕和不被理解的受傷。彷彿他就是江寧軒，不能忍受被深愛的人誤會，情緒激盪下再也無法隱藏對林予澄的濃烈愛意。

祁洛郢頗為訝異，居然能從高冷男神身上感受到那份炙熱的情感，頓時對孟卻白的演技多了幾分肯定。

孟卻白的嘴唇很軟，唇齒間的溫熱氣息充斥著甜甜的草莓味，他貼近的身軀還帶著淡淡的木質調男香。

這一瞬間，祁洛郢怦然心動。

他竟被男人吻得心跳快了幾拍？這種事絕對不能說出去。

祁洛郢驀地想起姚可樂的話，心想如果自己是同性戀，孟卻白說不定確實是個不錯的對象？

可惜孟卻白吻技生澀、不通世故，連省力的技巧都不會，眞的不用親那麼用力又那麼認眞啊！這會讓他有種彼此不是在演戲的錯覺……

算了，畢竟是孟卻白的初吻，沒辦法要求太多。他作爲一位寬容大度的前輩，決定默默地承受，同時醞釀情緒，讓自己可以更融入角色。

既然孟卻白這麼入戲，他當然也得拿出最好的表現和孟卻白分庭抗禮——好的演員不是光顧著搶戲、壓過對戲的人的氣勢，而是相輔相成。

半晌，回過神的林予澄猛然推開江寧軒。

林予澄身上的襯衫被弄皺，梳理整齊的頭髮也落下幾撮髮絲，眼神慌亂，有著平時難得一見的狼狽。他張口喘氣，被吻過的雙唇比平時紅潤還帶著水光。

江寧軒低下頭像個做錯事的小孩，卻倔強得死不認錯。

「我不後悔，你可以罵我了。」他深吸一口氣，抬起下巴直直地看向林予澄。

林予澄瞪著江寧軒，不知道該拿他如何是好，數秒過後，他敵不過年輕下屬的灼熱目光，不自在地移開視線，「江寧軒，我明天一早就要看到新產品的行銷提案。」

語畢，林予澄拉了拉領子與袖口，整理被弄亂的西裝，頭也不回地快步離去。

江寧軒看著林予澄走遠，氣得搥牆又踹牆，低低咒罵了一聲。他寧可被罵被揍，也不想得到這樣宛如什麼事都沒發生過的回應。

「卡！」

導演一叫停，祁洛郢立刻從走廊盡頭走回來，而孟卻白則慢慢斂容，從江寧軒激動的情緒中脫離，兩人靜靜回到何導身邊等候指示。

「小孟，你調整一下這邊的動作。」何導回放方才拍攝的片段，在幾處不滿意的畫面停下一一講解，然後讓祁洛郢重新站定位，親自示範他希望最終呈現在畫面裡的肢體互動。

「撲上來的動作可以快，但是親上去的動作慢一點，另外小孟你不要親得太用力，以免浪費了小祁那麼好看的唇形。」

在場的工作人員不分男女，聞言都把目光放到祁洛郢的嘴唇上，這讓祁洛郢尷尬得不知道該把臉朝哪裡擺。

孟卻白耳根脹紅，點頭記下，在何導的監督下排練了兩次。

服化組快速幫兩人整理服裝、補妝，尤其是祁洛郢的唇妝，得看起來像是還沒被親過一樣。

一切就緒便繼續拍攝，然而或許是何導要求嚴格，也可能是祁洛郢、孟卻白之間的曖昧感就是還差那麼一點，他們總共重拍了二十幾次，中途何導還提點了祁洛郢幾個據說誘人可口的眼神和肢體細節。

祁洛郢不太理解怎麼對男人放電，但還是照導演的話做了。至於一個已有家室的中年男子，爲什麼對男男間如何放電和勾起火花的招數如此通透，就不是他該好奇的了。

祁洛郢的嘴唇大概在拍攝第八次時明顯地腫了，道具組緊急買了袋冰塊給祁洛郢冰敷消腫。

最後，何導又補拍了幾個角度的鏡頭，這場戲才總算是過了。

早上的NG不只讓主演和導演覺得疲憊，其他工作人員也消耗很多體力，大家匆匆吃過便當就自己找地方小憩，珍惜寶貴的午休時間。

萍姐先前暫時離開了一陣子，中午又回來關心孟卻白，得知他今天NG次數比較多，默默訂了飲料慰勞辛苦的劇組。祁洛郢見狀，也讓阿佑幫忙訂了附近某間甜點店的浮誇系脆皮泡芙。

祁洛郢想到下午還有兩場吻戲，一場是他主動親孟卻白，一場是他倆深情互吻。上午的NG慘況歷歷在目，他深深懷疑接下來的吻戲會吻到他嘴唇破皮……

由於拍攝場地空間有限，所以祁洛郢和孟卻白必須共用同一間休息室，其中除了化妝桌椅、兩排衣架和更衣間外，只額外擺了兩張躺椅。此時，他們兩人正好各占用了一張。

祁洛郢吃完飯照鏡子，嘴唇仍然有些紅腫，就一邊拿著冰塊冰敷，一邊滑手機。百無聊賴下，他點開好友欄，隨手丟了則訊息給孟白白。

水各一方：「你最近在忙什麼啊？」

祁洛郢原本以為孟白白晚上才會回覆，沒想到他的手機很快響起訊息提示音。

孟白白：「工作。」

孟卻白拿著手機正在搜尋吻戲技巧，原本只是隨手回了水各一方的訊息，沒想到隨即聽見對面傳來通知音效，他有些驚訝地抬頭看向祁洛郢。

祁洛郢察覺到孟卻白的視線，不好意思地笑了笑，順手將手機設定成靜音模式，「吵到你了？」

孟卻白恢復平時的表情，搖頭道：「沒有。」

「那就好，我繼續和朋友聊天。」語畢，祁洛郢低頭打字，順著孟白白的話傳了個問題過去。

水各一方：「你是做什麼工作的？前陣子感覺你好像白天不用上班？」

孟白白：「祕密，之前放假。」

水各一方：「喔。」

祁洛郢不輕不重地嘖了一聲，音量不大，但孟卻白還是聽到了，一個大膽的猜測冷不防地在他腦中浮現。

孟白白：「你是誰？」

孟卻白看見對面的祁洛郢忽然對著手機露出頗具寵溺意味的笑容，手指在手機螢幕上快速移動，接著他收到了訊息。

水各一方：「如果我說我是祁洛郢，你應該不會相信吧？」

咚！

祁洛郢扭過頭，發現地上有一支眼熟的手機，而手機的主人正詫異地盯著它。

「手滑？」祁洛郢省略了一個「又」字，這時候不要在對方的傷口撒鹽比較好。

「嗯，沒拿好。」孟卻白撿起螢幕再次碎裂的手機，雖然臉上表情看不出來，但他這次眞的很心疼，「抱歉，摔了你送的手機。」

「沒關係，送你之後就是你的了。」那支手機本來就是賠給孟卻白的，祁洛郢自然不會不高興，他只是對孟卻白弄壞手機的頻率感到不可思議。

「看起來換螢幕就好了。」孟卻白拿著手機起身，準備找萍姐幫忙送修，順便問她手邊有沒有備用機，他的吻戲教學影片還沒看完啊！

「還是我請阿佑幫你拿去修？反正他下午沒別的事。」

孟卻白想起自己的手機裡有還不能和祁洛郢說的祕密，搖了搖頭，「謝謝，不用了。」

祁洛郢表示理解，手機算私密物品，而他們都是公眾人物，自然應該小心謹慎。

孟卻白離開休息室後，祁洛郢把注意力放回他和孟白白聊到一半的對話上。

奇怪的是孟白白已讀卻沒有回覆，祁洛郢有些莫可奈何，孟白白是去忙工作了，還是認爲他在惡作劇所以不想回？

祁洛郢想了想，又補了一句。

水各一方：「我開玩笑的。」

他的粉絲大概暫時還不能接受曾經的黑粉嫌疑人就是偶像吧？

沒關係，慢慢來。

演員的職業操守五：吻戲不用太認眞

下午即將拍攝《上班要專心》的第二場吻戲，這是祁洛郢主動吻孟卻白的一幕，也是林予澄接受江寧軒感情的重要橋段。

拍攝前，何導滿懷熱情滔滔不絕地給兩位主演講戲，「在這幕之前，林予澄對這段感情是抗拒、遲疑，以及不確定的。這個吻是故事裡第一個重要轉折，它意味著林予澄在掙扎後甘心沉淪並且丟下高傲自尊，我們要讓觀眾感受到林予澄是愛江寧軒的，也要讓觀眾看的時候有戀愛的感覺。」

何導說的話祁洛郢都聽進去了，角色的掙扎他在讀劇本的時候已經揣摩了七、八分，剩下的就在現場再做細節調整。

傳達出戀愛的感覺說難不難，說簡單也不簡單，演員必須徹底融入角色，用角色的角度思考、行動，以及愛上該愛的人，簡而言之就是所謂的入戲。

演員分爲兩種類型，一種是天分型，靠著自己的理解去揣摩，投入眞實情感，在鏡頭前迸發角色獨有的魅力，讓人眼睛爲之一亮。

另一種則是努力型，靠著觀察和一遍又一遍的練習，慢慢累積表演經驗，拍戲需要時就能自然演繹。

祁洛郢兩種類型都是，而且比較偏向前者，他的表演並不全來自於觀察和學習，大部分是自己做功課揣摩，偶爾遇上情緒起伏大或是經歷太負面的角色時，經常出不了戲，內心得難受好幾天。

對他來說，入戲不難，出戲才難。

祁洛郢趁空檔找了一個安靜的角落醞釀情緒，雖然他沒考慮過喜歡同性，但是他能演。

好的演員不需要有過角色的經歷就能共感，不然就找不到演員飾演殺手了。

祁洛郢閉上眼睛，完全投入到林予澄這個角色裡。

他從小品學兼優，受到眾人稱讚，一路發展順遂，遠赴國外名校深造。畢業後回國進入公司，接連完成幾項令人驚豔的行銷案，幫助公司業績翻倍，年紀輕輕便升上副理。此外，目前公司經理職位空懸，只要他不出大錯，未來兩年內那就是他的位置，前途一片光明。

除了學經歷堪稱完美，他的外型也頗為出眾，曾收過無數告白，卻從來沒有人能讓他心動。

為什麼江寧軒讓他如此在意？

江寧軒是他的下屬，還是同性，怎麼想都不是一個合適他交往的對象！

況且江寧軒年輕魯莽、不知輕重，連連闖禍都得靠他耐心指導善後，到底有什麼好的？

就算江寧軒是全公司唯一會關心他有沒有按時吃飯的人又怎樣？

就算江寧軒在他被人誤會時，第一個跳出來說相信他又怎樣？

就算江寧軒告白被拒絕時失望的表情讓他揪心得整夜失眠又怎樣？

他一向按部就班走在自己規畫好的人生道路上，而他的生涯規畫中不包括找一名同性伴侶。

一直以來自制自律的他，爲什麼這次失控了？

在江寧軒遞出辭呈的那一刻，他的心亂了，再也無法專心處理工作，腦中思來想去的都是江寧軒。

這個人總是注視著他，怕他著涼、怕他餓。某次下雨天他沒帶傘，江寧軒堅持把傘給他，他不同意，最後兩個人共撐一把傘，沒想到負責撐傘的江寧軒半邊身體都淋濕了還裝沒事。

林予澄有預感，以後大概再也不會有人對他這麼好，如果錯過了……

思緒至此，他全身發冷如墜冰窖。

不可以！

他不想放開江寧軒！

既然江寧軒請辭的原因是情傷，那他去把請辭的原因解決，只要江寧軒感情順遂就沒問題了對吧？

祁洛郢睜眼時，眼神已經變了，他面容沉靜地走到定位，沒有再與其他人交談。現在，他是林予澄，他只想著一件事——他要接受江寧軒。

打板聲後，現場靜了下來。

JC公司明亮的辦公室裡，穿著襯衫的男男女女認真工作。行銷部每張辦公桌上都放著電腦設備和一疊疊文件，道具組還細心擺上幾個辦公小物，增加場景的真實感。

林予澄是部門主管，桌子面積最大、地點最好，稍微側首就能俯瞰城市景色，同時也是唯一抬頭就能看清所有行銷部職員動向的位置。

此時，眾人公認是工作狂的林副理坐在皮質主管椅上翻閱文件，卻明顯心神不寧，目光不時飄向斜前方三個座位外的江寧軒。

江寧軒正在整理位子上的東西，今天是他最後的上班日。

他就職未滿半年，要帶走的私人物品不多，最珍貴的東西只有林予澄寫給他的便條紙，紙上字跡工整，一筆一畫銳利卻又行雲流水。

江寧軒以前不太相信字如其人這種說法，直到遇上林予澄才發現是真的，他不管是字跡還是人都好看。江寧軒寶貝地拿起紙條，不由自主讀了幾張，雖然上頭大部分都是不留情面的嚴厲字句。

「重寫。」

「你哪來的自信覺得這個提案可行。」

「我是這樣教你的嗎？」

不過偶爾也穿插一些溫情的訊息。

「晚上繼續上課，不能報加班。」

「謝謝，以後不用幫我買早餐。」

「好多了，但數據有誤，查清楚再交上來。」

每一張都是滿滿的回憶，江寧軒捨不得丟，他決定全部帶走。

江寧軒剛把便條紙收好，一名和他同期進來的男職員就過來準備和他交接工作。

男職員搭著江寧軒的肩，「沒想到你眞的要離職，下一份工作找好了嗎？」

江寧軒不是眞心想辭職，自然沒有積極找下一份工作，「還沒，再看看吧。」

男職員以爲江寧軒求職不順，連忙釋出善意，「不用擔心，你一定可以的。晚上我請你喝酒？謝謝你上次幫我……」他停頓幾秒，往林予澄的方向看了一眼，露出害怕的表情，「不然我一定會被罵死。」

江寧軒會意，卻不忘幫林予澄澄清，「林副理人滿好的。」

「你被他洗腦了嗎？辭職了還幫他說話……呃？林副理。」男職員說到一半，感覺周遭氛圍不對，轉頭一看，發現林予澄在不遠處看著他，嚇得臉色大變。

林予澄沒罵人，只是淡淡地問：「上個季度的行銷預算檢討報告做好了嗎？」

「還、還沒。」

林予澄冷冽的目光一掃，男職員立刻識相地離開，「我馬上去做！」

「予……咳，副理，有事？」江寧軒忍住直接叫林予澄名字的衝動，他知道現在辦公室裡的同事都在看著他倆，他怕喜歡的人以後在職場上難做人。

方才，一直注意江寧軒的林予澄把兩人的對話都聽進耳裡，也把男職員搭在江寧軒肩上的手看在眼裡。他心裡浮現的那點不舒服讓他下定決心大步走向江寧軒，這番舉動自然引起幾個坐在附近的職員的注意。

江寧軒見林予澄沒回答，偏過頭試探地問：「上禮拜的結案報告有問題嗎？」

難道最後一天上班林予澄還要對他悉心指導嗎？

「跟我來。」林予澄丟下這句話就拉著江寧軒的手腕，穿過一個又一個座位往會議室走。

其實林予澄的手指只是輕輕扣在他的手腕上，稍一用力就可以掙開，不過江寧軒沒有這樣做，儘管困惑，他仍跟著林予澄走。

辦公室裡的同事裝作認眞工作的樣子，但依舊忍不住好奇心，偷偷望著他們，其中有幾人還互相交換眼神，猜測江寧軒又要被嚴格的林副理修理了。

林予澄將會議室門上鎖，按下按鈕，會議室的透明玻璃瞬間轉霧，誰都無法看見裡面發生什麼事。

江寧軒察覺此時的林予澄有些不同，然而他卻搞不清楚哪裡不一樣。

做完一連串動作的林予澄看似冷靜如常，實際上內心羞恥又窘迫，他從未做過如此脫序的行爲！

不過他一旦做了決定就不會輕易更改。

林予澄眼神複雜地瞪了一眼正茫然望著他的青年，「過來。」

「嗯？」江寧軒心想，兩人距離不過一米，應該夠近了吧？他還能過去哪裡？

林予澄不想解釋，直接上前一步，伸手拉住江寧軒的領帶，主動送上自己的吻，細細品嘗心動的滋味。

他不去想眼前對象是他的下屬，也不去想他的性別，他只是親了他喜歡的人。

林予澄感情生活一直空白，當然不會什麼技巧，他吻得直接而認眞，唇舌輕輕磨蹭江寧軒的唇，動作簡單笨拙卻無比撩人。回過神的江寧軒狂喜不已，立刻熱烈回應，兩人越吻越深入。

鏡頭裡，演員深情擁吻的畫面唯美浪漫，他們眼裡只有對方，雙手或撫著對方的臉頰或緊緊攬著對方，一舉一動都充滿情意，宛如戀人。

祁洛郢被吻得心跳加速，甚至有些喘不過氣，唇舌交纏之間，酥麻的快感不斷在他體內流竄。

如果要祁洛郢分析和男女接吻的差別，他大概會說男人更具侵略性，尤其當彼此都想占據主導權的時候。

會議室裡當然不只祁洛郢和孟卻白兩人，擠在鏡頭外的工作人員起碼十個，這些人大氣都不敢喘，深怕影響收音效果、破壞氣氛。

半晌，他們都吻累了才拉開距離，大口喘著氣，胸口止不住地起伏。

林予澄和江寧軒原本筆挺的西裝都皺了，頭髮也亂了。但沒人在意，他們只知道自己確實心動了。

「這裡是公司。」林予澄先放開江寧軒，退了一步。

江寧軒雖然不捨還是鬆開手，「我知道。」

林予澄臉頰微紅，目光裡多了平時沒有的熱度。他緩和氣息後，便藉著玻璃的反射整理被弄亂的領帶和襯衫，同時對江寧軒說：「我一個人住。」

如果不細究這句話裡的意思，光聽語氣就和林予澄平常交代工作時一樣冷漠。

「嗯。」江寧軒還在回味方才的吻，沒有多想，只顧著點頭。

「地址你曉得，你可以過來。這次……我會開門。」

「今晚就過去。」江寧軒一聽，眼睛一亮。這是他第一次被邀請到林予澄的住處，興奮得現在就想衝過去，但他忽然想起如此迫不及待可能會讓林予澄不高興，小心翼翼補了句：「會不會太快？」

「不會。」林予澄淡淡道。

過了幾秒林予澄才發現這個回答聽起來簡直飢渴難耐，羞恥得只想把自己打暈。無奈說出口的話無法收回，他只好別過頭，繼續假裝從容淡定。

聞言，江寧軒笑容滿面地抱住林予澄，然而沒多久他就想起辭職的事，驀地洩氣，頭垂在林予澄肩上，可憐兮兮地商量，「我不辭職了，可以嗎？」

「不行。」

「可是我後悔了，我不想離開你。」江寧軒還掛在林予澄身上，說話時故意字黏著字拖長了尾音，撒嬌裝可憐。

林予澄除了唇色比平時紅豔外，面上的神情彷彿什麼事都沒有發生過，和進會議室前一樣，看起來冷靜又理智，「辭職再錄用需要通過面試。」

「面試？」

「看你今天晚上的表現，我再決定要不要錄取你。」林予澄說完便掙開肩上的江寧軒，轉身走出會議室。至於江寧軒的辭職申請書還在他抽屜，尚未送給人事部的事，他並沒有說。

江寧軒愣了愣，仔細思索。

兩名成年男子剛確認完心意，深夜約在有床的地方能幹麼？如果眞的是面試，那也只會是男朋友面試啊！

江寧軒難以壓抑內心的激動，對著已經闔上的會議室門興奮大叫，「我一定會通過面試的！」

嗯，還好會議室隔音很好。

當何導喊出卡時，工作人員立刻報以掌聲，歡呼不絕。

經歷上午頻頻NG後，原本大家以爲下午也是場硬戰，每個人都做好長期抗戰的心理準備，沒想到拍攝出乎意料地順利，這一場一次就過了。

祁洛郢鬆了一口氣，再重來一次，他恐怕沒把握展現更好的效果。

不過也多虧了孟卻白配合得好，沒想到高冷男神意外擅長感情戲……當然缺點還是吻得太過認眞，而且誰說要舌吻的？

祁洛郢忽略自己宛如得了過動症的心臟和還在發熱的雙頰，故作輕鬆地稱讚孟卻白兩句，「進步神速啊，早上還不知道怎麼親，下午就放開了啊。」

「這樣吻可以嗎？」孟卻白的話直白且沒有任何修飾，像是在進行一場學術探討，不帶一絲曖昧。

「沒有人這樣問的吧……」祁洛郢有點困擾，他總不能說孟卻白把他吻得很有感覺吧？

「吻得不好？」

「很好。」

「多好？」孟卻白莫名就較眞起來。

祁洛郢難得被人問得難以招架，他不想打擊孟卻白的信心，卻又覺得老實交代太沒面子，只好用開玩笑的語氣回應，「好到我快愛上你了。」語畢，他眨了眨眼，「這樣夠好了吧？」

「嗯。」孟卻白嘴角勾起，笑得和江寧軒被林予澄誇獎時一樣燦爛。

祁洛郢只當孟卻白被角色影響，變得開朗許多，「你笑起來很好看，應該多笑，這樣粉絲會更多。」

孟卻白不習慣被如此誇獎，有些靦腆地搖搖頭，但大概是因爲心情好，他臉上的笑容還是維持了一段時間，引起不少女性工作人員偷偷注目。

最後一場吻戲，是電影靠近結尾時，相戀的兩人在辦公室裡互相擁吻的畫面。

接吻這種事或許眞的會越親越有默契吧？

祁洛郢知道孟卻白吻得太深入時該怎麼做才能讓他收斂，孟卻白也知道吻哪裡可以讓祁洛郢特別有感覺。

鏡頭裡林予澄和江寧軒耳鬢廝磨、唇齒交纏，西裝下的體溫早已悄悄升高，低沉的喘息聲把周遭空氣薰染上一絲曖昧，情慾也在不知不覺中被勾起……

彼此都知道對方情動，然而沒有人道破。

一聽到何導喊停，他們立刻分開，確定這幕不用重拍後，難得臉紅的祁洛郢立刻衝向洗手間洗臉降溫，孟卻白則是待在無人的角落默默冷靜。

對戲氣氛會互相影響，有經驗的演員總能敏銳掌握對戲演員的情緒狀態，並且視情況作出調整。

第一場吻戲，祁洛郢有點小尷尬，結果身爲主動方的孟卻白比他還尷尬，交互作用下，拍攝便特別不順。後來祁洛郢入戲後漸入佳境，他近距離看著孟卻白時一度恍惚到心跳加速、懷疑自己的性向。

沒過多久，平復情緒後的兩位主演來到何導身邊。

「看看，你們簡直和眞的情侶一樣。」何導言談間頗有嘉許之意。

因爲那是眞親啊！

眞親不像情侶還能像什麼？

祁洛郢看著畫面裡吻得難分難捨的江寧軒和林予澄，在心裡無聲地吶喊，有苦說不出。

拍攝吻戲時，一旦其中一方眞親，另一方有任何抗拒，在特寫鏡頭裡都會特別明顯，於是他也只好認眞投入了。

「是洛郢演得好。」孟卻白認爲都是祁洛郢的功勞。

祁洛郢笑容複雜，「你客氣了。」

看過幾條拍攝畫面後，何導就宣布收工。此時才剛入夜，這是開鏡以來最早下班的一天，劇組全體都高興不已。

回休息室的路上，祁洛郢故意走在最後面，與孟卻白保持兩步的距離，不然他看著他時總會生出一點奇怪的情愫。

祁洛郢在心中默念十遍他不喜歡男人，讓屬於林予澄的繾綣愛意從腦中散去後，才踏著輕快的腳步趕上孟卻白，一起進入休息室。

祁洛郢拍拍孟卻白的肩，想著作爲前輩還是該關心一下新人，畢竟他第一次拍吻戲就獻出人生初吻，還從早親到晚，不知道會不會因此留下心理陰影？

「辛苦了。」

孟卻白搖頭，「你比較辛苦。」

「有嗎？」這和他以前經歷過的水下拍攝、經常受傷的武打戲比起來算輕鬆了。

「你的嘴唇還好嗎？」孟卻白對自己的表現並不滿意，尤其是看見祁洛郢被親腫的嘴唇，深深覺得搞砸了。

孟卻白既心疼又內疚，雖然得償所願，但一親芳澤的次數太多怕引起祁洛郢反感，加上眾目睽睽下接吻實在很難有什麼浪漫的氣氛。他心裡各種複雜情緒翻騰，焦躁遠多於開心，唯獨對初吻對象感到滿意。

「沒事，我回家繼續冰敷，明天就看不出來了。」祁洛郢笑了笑，轉而鼓勵孟卻白，「你今天演得很好。」

以新人來說，能有這樣的演技已經很不容易了。

「我……」孟卻白還是有些過意不去，盯著對方紅潤的嘴唇，欲言又止。他清楚自己不會演吻戲，今天所有的親吻都不是演出來的。

「千萬別說你會負責。」祁洛郢看孟卻白表情凝重，特地開了個輕鬆的玩笑，「眞的沒事啦。」

實際上也不算眞的沒事，因爲祁洛郢發現他有個後遺症——他好像可以接受和男人擁抱和親吻了？

「嗯。」孟卻白這才稍稍放心。

祁洛郢換完衣服後拿起放在一旁的手機，看了一眼，低聲咕噥了句，「奇怪，怎麼還沒回？」

孟卻白望了過去，依稀辨認出是社群軟體的私聊畫面，不過祁洛郢很快收起手機，他沒來得及仔細看。

祁洛郢發現孟卻白的視線，隨口解釋，「中午傳訊息給一個朋友，不知道他在忙什麼，到現在還沒回覆。」

「圈內朋友？」

「不知道，我們沒見過面。」

「網友？」孟卻白心頭一驚，種種資訊拼湊起來，加上方才那一閃而過的純白色大頭貼，難道祁洛郢說的是孟白白？

孟卻白內心狂亂，總覺得水各一方的眞實身分即將呼之欲出。

祁洛郢不反駁也不承認，被姚可樂取笑已經夠丟臉了，別再多一個孟卻白吧？就算孟卻白不會笑他，但他身爲知名演員上網交友這種事傳出去，不知道會被媒體寫成什麼樣子，還是低調比較好。

於是，祁洛郢淺淺一勾唇角，「難得提早收工，快點回家休息吧。」

話題順勢打住，孟卻白也不再追問，「好，你也是。」

他該坦承自己就是孟白白嗎？

他需要好好想一想。

祁洛郢和孟卻白先後走出片場，離開時還有些工作人員正在收拾道具或爲明天的拍攝做準備，他們一一點頭道了聲辛苦了才進入電梯。

孟卻白的司機收到通知，便把車停在地下停車場電梯口附近，孟卻白和萍姐一出電梯就能直接上車。

孟卻白一上車就看見座椅上放著一個紙袋，裡面是換好螢幕的手機。他拿出手機並開機，然後點開社群聊天訊息，盯著水各一方最後傳來的那句「我開玩笑的」，目光凝滯。

眞的是開玩笑嗎？一般人會開這種玩笑嗎？

好吧，還眞的有。

他當後援會社團管理員的這幾年，在網路上遇過不少自稱是祁洛郢的無聊人士，可那些人沒一個有祁洛郢的未公開照片，也沒有任何祁洛郢的第一手消息。

更別提他今天才親眼看見水各一方傳來訊息時，祁洛郢的表情和反應完全貼合他們當下的聊天情境。

孟卻白幾乎可以肯定水各一方就是祁洛郢。

他腦海裡開始回放與水各一方認識的經過……孟卻白沒想過他和祁洛郢會在網路以這種方式相遇，更沒想到他居然現在才把祁洛郢認出來。

天啊，他都跟祁洛郢說了什麼？

他拒絕回答祁洛郢提出的私人問題，逕自把送上門的友誼拒之門外！

他經常放置祁洛郢的訊息一整天，偶爾已讀不回！

他多次懷疑水各一方是祁洛郢的黑粉，藉此換到更多照片，後來甚至要祁洛郢開價讓他購買更多照片！

他居然還教祁洛郢怎麼買他自己的周邊商品！

思及此，孟卻白雙手掩面，羞恥得想挖個洞躲起來。

一旁的萍姐看見孟卻白反常的舉動，連忙關心，「小孟，你怎麼了？心情不好？今天下午拍攝不是很順利嗎？」

幾秒鐘過去，孟卻白把覆在臉上的雙手拿下，臉色恢復如常，「沒有，我只是在想一些事。」

萍姐點點頭，把手背貼上孟卻白的額頭，確認完溫度就放開，「你的臉有點紅，不過沒有發燒，回家記得多休息。」

「嗯。」孟卻白點頭，他需要一個人靜靜。

一輛黑色休旅車駛進這座城市的高級住宅區，此地坐落著許多透天豪宅，車子沒有停在這些房子前，而是往裡又前進了一段，停在一道高約三公尺，以黑色鑄鐵鍛造的大門前。辨識完車牌和駕駛者後，大門打開，車子緩緩進入門內，開過一段綠蔭後停在一棟雅致的白色三層樓建築前。

車一停妥，孟卻白便打開車門從後座下來。

方才已經順路送萍姐回家，所以孟卻白下車後，司機就將車子駛入建築物旁的車庫。

孟家人向來低調、不愛排場，因此孟宅占地雖廣，但建築本身並不大，整棟樓約莫只有七、八個房間。除去定期整理庭院的幾個園丁外，他們只聘用了一位管家、一位家政阿姨和一位司機。

現在站在門口迎接孟卻白的就是管家，他穿著三件式西裝、頭髮灰白，儘管已有些年紀，仍把自己打理得一絲不苟。管家站姿筆挺、面容祥和，看著脾氣很好。

「歡迎回來，夫人在客廳等您。」管家微微低下頭，爲孟卻白拉開屋子的大門。

孟卻白大步踏進家中，一邊脫大衣一邊問：「我哥呢？」

管家跟在孟卻白身後輕輕帶上門，「大少爺有應酬，二少爺在加班。」

「嗯。」孟卻白應了一聲表示知道了，將脫下的大衣交給管家，邁步走向客廳。

孟宅的裝潢是典雅的歐式風格，牆面和天花板以簡約的雕花線板裝飾，整體用色清爽，不顯俗氣或流於財大氣粗。

客廳大理石拼花地板上放著一套米白色訂製沙發，上頭坐著一名穿著知名品牌今年最新款訂製服的中年女人。即使女人已有些年紀，但保養得宜，從眉眼間的風韻和苗條的身材可以看出她年輕時肯定是位美女。

孟卻白朝女人喊了一聲，「媽，我回來了。」

孟母笑吟吟地起身，張開雙臂給孟卻白一個溫暖的擁抱，鬆開時還順手捏了他的臉，「白白，今天工作累嗎？」

孟郤白已經習慣了，表情不變地任憑母親揉捏，淡淡地回：「還好。」

難得孟郤白早點回家，孟母當然必須把握機會打探兒子的感情進度，她勾著孟郤白的手坐到沙發上，迫不及待地詢問：「什麼時候把祁洛郢帶回來給媽媽看啊？」

「媽，妳別這樣。」

「你告白了嗎？」

「妳別管。」

「你要主動一點，我兒子這麼帥、個性又好，他會喜歡你的。」孟母這話說得理直氣壯。

「媽……」孟郤白無奈地看了自己母親一眼。

孟母這才消停了一些，「我是爲你好，支持你做想做的事，支持你和喜歡的人在一起。」

「謝謝。」

「家人之間客氣什麼，你大哥得知你喜歡他後，約他吃頓飯約到現在，五、六年都過去了，沒一次成功。你二哥一個科技人，對影視圈一竅不通，卻爲了你投資那麼多部他主演的電影。」

「大哥不用再忙了，祁祁不會參加奇怪的飯局，不要讓他困擾。」孟郤白眉頭皺了一下，他以爲大哥已經放棄了，沒想到還在繼續嗎？

他懷疑傳聞中堅持多年要包養祁洛郢的金主就是他大哥……另外，傳言有金主固定投資祁洛郢主演的影劇作品，他早就知道是眞的，因爲他二哥就是其一。不過二哥是聰明人，不會盲目撒錢，主要還是祁洛郢主演的作品整體報酬率不差，賺多賠少。

「我兒子眞體貼。」孟母看了一眼時間，剛過八點，「顧著說話，還沒問你吃過飯了嗎？」

「吃過了，最近比較忙，我先回房間了。」孟卻白還惦記著要把水各一方的事理出個頭緒，和母親短暫聊幾句後就想回房獨處。

孟母一聽，心疼得不得了，「難怪你好像瘦了，快去休息吧，我讓周嫂準備雞湯，明天出門帶著，拍片空檔可以喝。」

「不用忙，我睡一下就好。」孟卻白婉拒母親的好意，上樓回到房間。

孟卻白的房間在二樓，房裡分爲小客廳兼茶水區、收藏室、書房、衣帽間、衛浴和臥室。

小客廳裡最大的主牆上貼著祁洛郢的大海報，收藏室裡當然全是祁洛郢的周邊商品。至於其他地方或多或少也能看出房間主人對祁洛郢的喜愛，比如寫著祁洛郢英文名字縮寫的筆記本、祁洛郢代言的品牌服飾，或是床頭櫃上的祁洛郢照片。

一隻白色長毛貓聽見開門聲，立刻靠近孟卻白的腳邊，孟卻白伸手一撈，用臉蹭了蹭貓，低低叫了一聲：「祁祁。」

名爲祁祁的貓配合地喵了一聲。

孟卻白抱著牠走到書房坐下，拿出手機，把孟白白和水各一方的訊息從頭認眞看了一遍，過程中他感受到滿滿的羞恥，但也彷彿窺見祁洛郢的內心世界。

孟卻白對照日期發現，祁洛郢加入誤入祁途那天就是他影帝三度落馬的晚上，或許是因爲沒有被獎項肯定，所以才問他的粉絲他有什麼好？

想到這裡，孟卻白就替祁洛郢難受。

除了對頒獎結果的失望，他還習慣了隨時可能丟掉角色，不得不逼自己看開。就算祁洛郢已經是家喻戶曉的一線演員，在演藝圈依然如履薄冰，對接演《上班要專心》充滿猶豫，擔心和他處不來……

孟卻白深吸一口氣，他之所以成爲演員，除了想拉近和祁洛郢的距離外，就是想成爲祁洛郢的助力，而不是他的負擔。

他不想再增加祁洛郢的困擾了，如果祁洛郢現在知道他就是孟白白，是否會影響拍攝工作？

等殺青再說吧？

孟卻白一番深思後做出決定，點進訊息回覆框開始打字，打了又刪，刪了又打，幾次斟酌才把文字送了出去。

孟白白：「嗯，我知道是開玩笑的。工作忙，回覆晚了，抱歉。」

水各一方：「你怎麼突然這麼有禮貌？」

孟白白：「我一直都是這樣。」

水各一方：「不一樣，我能感覺得出來。」

孟卻白看著螢幕心虛了，祁洛郢如何察覺到的？他的態度差很多嗎？不過祁洛郢應該還不知道他是孟卻白，不然不可能這麼淡定。他往上滑了一下，複習自己以前都是怎麼回訊息的，力求接下來不要露出馬腳。

孟白白：「……」

孟卻白送出一串刪節號，等了十分鐘，水各一方已讀沒回。

祁洛郢這是什麼意思？

孟卻白有些焦躁。

在不知道水各一方是祁洛郢的時候，他可以把訊息放置一整天都不回，然而現在只是十分鐘沒收到回覆他就坐立難安。

孟卻白盯著手機畫面認眞思考——難道他回得太冷淡了？

可是以往他再怎麼冷漠，祁洛郢都會回傳訊息，爲什麼今天這麼沉默？

他該怎麼挽救氣氛、重新開啓話題？

孟卻白打開瀏覽器輸入關鍵字，點開名爲〈你總是句點別人嗎？話題終結者必備十招！〉的網頁，選了一個看起來最穩妥的問題丟過去。

孟白白：「在做什麼？」

水各一方：「吃了點東西、準備明天的工作。」

孟卻白打開最近一直帶在身邊的行程表和劇本，翻到明天的進度，這幾幕祁洛郢的臺詞比較多。

所以他應該在背臺詞吧？

孟卻白理解並接受，接著體貼地主動爲他們的聊天畫下句點。

孟白白：「那就不打擾你了，別忙到太晚，早點睡，晚安。」

水各一方：「你今天有點奇怪，你有話想和我說嗎？」

孟白白：「沒有。」

水各一方：「你還要照片嗎？」

以前他要照片要得沒有心理負擔，但是現在知道對方就是祁洛郢後，一切就不一樣了。

被陌生粉絲纏著要照片？這種行爲不管是誰遇上了都會感覺被騷擾吧？他想及時止血，挽回一下孟白白的形象，希望將來相認的時候不至於太尷尬。

孟卻白剛想打字表示自己不會再向他要照片了，水各一方就先傳來一張照片。

那是他和祁洛郢在片場說話的相片，拍照者抓的時機很好，孟卻白難得嘴角彎起明顯弧度，祁洛郢手上拿著冰塊正在冰敷，雖然遮住小半張臉，但能看出他漆黑明亮的眼裡有著笑意。畫面裡兩人之間的氣氛不錯，互動融洽。

孟卻白愣住了。

他沒開口要求照片啊！爲什麼祁洛郢主動傳給他了？他在祁洛郢心中到底是什麼形象啊，纏人的瘋狂粉絲？

孟卻白此刻強烈想回到過去，阻止那個做蠢事的自己……這下他更不想讓祁洛郢知道他就是孟白白了。

水各一方：「你上次傳給我孟卻白的受訪影片，發現你好像挺關心的，就跟你說一下。」

孟白白：「嗯？」

水各一方：「孟卻白好像沒那麼難相處。」

孟卻白看著這段話感到非常欣慰，他爲了改善和祁洛郢的關係所做的努力沒有白費啊！

他快速打下「他是真的想和你好好相處」這幾個字，又默默刪掉。既然祁洛郢說他那句自報家門的話只是個玩笑，他就得繼續陪祁洛郢演下去。

孟白白：「嗯，太好了。」

水各一方：「祁洛郢和孟卻白說不定能當朋友。」

孟白白：「一定可以，拍攝也會順利的。」

水各一方：「孟白白，我眞的覺得你今天有點不一樣，遇到開心的事了？」

孟卻白心裡一驚，他今天確實不一樣，既然知道水各一方就是祁洛郢，他回訊息自然比以往積極許多。

這次他謹慎地在回訊息時不偏離事實但又隱去細節。

孟白白：「嗯，親了喜歡的人。」

水各一方：「果然，恭喜你！」

看見祁洛郢接受了這個理由，孟卻白鬆了一口氣。

後來，孟卻白還是把那張照片儲存進手機，並且上傳雲端相簿保存。

另一邊，祁洛郢剛洗過澡換上棉質家居服，坐在客廳那張舒適的大沙發上，腿上放著快被他翻爛的劇本，一手撐頭一手拿著手機，目光落在孟白白傳來的那句「親了喜歡的人」，心中百感交集。

啊，他的忠實粉絲除了他還有其他喜歡的對象。

這種事是必然的，他的作品可以陪伴粉絲，可是他本人沒辦法，粉絲來來去去是常態，今天喜歡他，也許明天就不愛了。他有些惆悵，畢竟難得遇到這麼了解他又非常喜歡他的粉絲，談戀愛後就不會花那麼多時間關注他了吧？

能和喜歡的人在一起不容易，如果孟白白能找到幸福也是件好事。

不過，戀愛中的孟白白連說話方式都變得不一樣了啊，有禮貌又陽光，哪裡還像當初那個把他當黑粉，還揚言要把他趕出社團的管理員？

而且，他隔著手機螢幕彷彿都能看到粉紅泡泡是怎麼回事？

這個世界對單身人士不友善啊，連和粉絲聊天都要被閃光彈波及。

祁洛郢單身慣了，但此刻怎麼就突然感到孤單寂寞了呢……

他搖了搖頭，甩開這個念頭，他的生活很充實，一點都不孤單寂寞！

✦

《上班要專心》預計在辦公室場景拍攝的進度已經過半，由於工作順利，加上劇組人員一起工作了一個月，彼此熟稔，片場氣氛輕鬆愉悅，經常笑語不斷。當然，這也歸功於何導溫和有禮的文人風度，他幾乎不在拍戲現場罵人。

然而今天的氛圍卻有些緊繃，大家都收起笑容，靜靜望著打光板下的兩位主演。

祁洛郢穿著一身深藍色細條紋西裝，俐落的剪裁凸顯他完美的身形比例，不分男女都會想多看兩眼。

孟卻白則穿著白襯衫與黑西褲，襯衫合身有型，深灰色領帶鬆鬆掛在衣領，襯衫最上方的兩顆釦子被解開，他頭髮微亂，額頭和嘴角畫了點瘀青妝。

不遠處，攝影機後的何平嘆了口氣，「這條不行。」

何導這句話出口後，四周似乎變得更安靜了。

孟卻白這場戲已經NG十次了，好脾氣的何導決定停機半小時，「小孟，你再調整一下狀態，生氣的情緒張力要展現出來。」

孟卻白低著頭悶悶地應了一聲，「嗯。」

何平上前拍了拍孟卻白的肩，也許是前一部電影培養出的合作默契，何導對孟卻白顯然特別包容，「如果不行，這場就晚點拍？」

「不用。」

「好，你再想想。」何導說完就先離開現場，大概是去打電話和電影公司報告進度，也可能是去陽臺抽根菸。

導演走遠後，祁洛郢推了推眼鏡，對孟卻白表達善意，「需要幫忙嗎？」

孟卻白搖了搖頭，「不在狀態的原因我很清楚。」

祁洛郢不解，隨口亂猜，「心情不好。」

「我沒辦法對你生氣。」

「嗯？」祁洛郢更困惑了。

「我一看到你就不生氣了。」孟卻白表情如常，語調平鋪直敘，不像在說笑。

可是爲什麼祁洛郢卻從中隱隱聽出了些撩妹金句的感覺？

念頭一起，祁洛郢立刻唾棄自己太過敏感的神經，孟卻白怎麼可能撩他？

「我去問問何導這場能不能晚點拍？或是用遠鏡頭帶過？」遠鏡頭看不清楚表情，對演員情緒掌控的能要求沒那麼高。

「對不起。」孟卻白是在場對自己表現最不滿意的人，「我拖累了劇組工作進度，還連累你要不斷陪我對戲。」

祁洛郢的個性嘴硬心軟，實在看不下去孟卻白變成這副模樣。他畢竟演了十年的戲，這點眼力還是有的，他明白孟卻白這個狀態不是短時間內能克服的。

雖然他還是不懂爲什麼孟卻白沒辦法對他生氣，因爲他們是好朋友嗎？最近兩人感情確實挺好的，在片場有說有笑。

如果是因爲這樣……

「過來。」祁洛郢拉著孟卻白的手，穿過工作人員，走進休息室。

一進休息室，祁洛郢就把門鎖上，孟卻白靜靜看著祁洛郢的動作不明所以，「怎麼了？」

祁洛郢笑容燦爛，盡量降低孟卻白的戒心，「跟我說說你喜歡什麼？有沒有什麼愛好或興趣呢？」

「爲什麼突然講這個？」

「聊聊天而已。」祁洛郢丟了個鼓勵的眼神給孟卻白。

「我喜歡一位演員。」

「還有呢？」祁洛郢試圖從別的方向下手。

「沒有了。」

那就沒辦法了，祁洛郢在心中向那個不知道名字的演員道歉。

他看向孟卻白，臉上依舊掛著笑，卻多了幾分輕蔑，「既然你那麼喜歡那位演員，想必應該已經看遍他的演出、揣摩過他的表演吧？可惜從你的表現看來，他的演技應該不怎麼樣啊！」

「他演得很好，是我不好。」孟卻白連忙澄清，他不容許任何人貶低祁洛郢，就算是祁洛郢本人也不可以。

「哦？」祁洛郢不以爲然地冷哼，語帶譏誚，「那個演員知道你喜歡他才選擇演戲嗎？如果他知道你把戲演成這樣，大概會覺得很丟臉吧？」

「他不會這樣想。」孟卻白按捺不住，聲音裡帶著隱隱的怒氣。

祁洛郢看見孟卻白的情緒總算有了起伏，頗感欣慰，馬上火上澆油，「是嗎？我就會這樣想。」

孟卻白滿臉錯愕，他一味地幫祁洛郢辯駁，卻沒想到會聽見祁洛郢這麼說，這番話換成誰來說，都不會比祁洛郢親口說出來讓他打擊更大。

孟卻白又氣又難過，還是試圖幫祁洛郢找藉口，「你是不是爲了讓我討厭你才這麼說的？」

祁洛郢暗暗嘆了口氣，話都說到這種地步了，孟卻白怎麼還不討厭他啊？

沒辦法，他只好下猛藥了。

祁洛郢立刻給自己安排一個冷淡薄情還背叛朋友的人設，臺詞就靠臨場發揮。

他收起笑容，眼裡盡是嫌棄和厭惡，「和你演那些好朋友的戲碼眞的很膩，你不會眞的以爲和我很有話聊吧？老實告訴你吧，我其實沒把你當朋友。」

這場沒有觀眾的戲，祁洛郢用盡全力，甚至超常發揮，而效果顯然也超乎預期。

孟卻白彷彿遭受晴天霹靂，愣愣地看著祁洛郢，眼眶漸漸紅了。

祁洛郢沒想到孟卻白反應那麼大，他那絕望的眼神讓祁洛郢原本做好的心理準備都白費了，胸口隱約有些鈍痛，難受得讓他想立刻跟孟卻白坦承他方才說的都是假的。

但是不行，這場戲得繼續演下去。

祁洛郢維持冷酷的表情，不屑地看了孟卻白一眼，不疾不徐地推門離開，留下孟卻白獨自在休息室裡。

休息時間結束，工作人員就定位後，孟卻白卻沒出現，剛補完妝的祁洛郢內心忐忑，擔心孟卻白的狀態卻又不敢回休息室查看，就怕功虧一簣。

何導讓人去喊孟卻白，等了十分鐘，孟卻白才從休息室裡出來。

孟卻白板著一張臉，誰也不理，周身的溫度彷彿比其他處低上許多。

祁洛郢遠遠看著，儘管有幾分後悔，但做都做了，只能希望這招險棋能起到作用，幫助孟卻白順利演完這場戲。

影劇作品的拍攝並不總是按照劇本幕次順序，更多時候是將相同場景、天候的戲碼安排在一起拍，以節約製作成本。

今天這一場戲發生在江寧軒剛和林予澄交往時，江寧軒因爲替林予澄出頭被打，林予澄心疼江寧軒受傷，讓他別再插手。回到辦公室的兩人一言不合，幾乎要打起來。

演員就定位，打板落下。

這次孟卻白發揮得很好，無論是表情、臺詞還是動作都特別到位，滿腹的委屈和憤怒在瞬間爆發。

「他們說你剛愎自用毫無才能，是靠臉、靠關係才當上副理的，你居然不反駁？我不過就推了他一下而已，我難道不能替你生氣嗎？」孟卻白大步上前，抓住祁洛郢的西裝衣領。

祁洛郢早已進入狀態，用林予澄冷淡的聲線說：「不用你多管閒事。」

「你讓我不還手，我就不還手，這樣你還不滿意？」江寧軒瞪著林予澄，語氣激動地大吼。

林予澄微微皺眉，像是有些困擾，「你該成熟點了。」

「對！我就是不夠成熟！我學不會你那套虛情假意！」江寧軒氣得放開林予澄的領

子，握緊拳頭在林予澄的辦公桌上落下一拳，砰的一聲，桌上的玻璃杯因此傾倒碎裂，江寧軒的手也被杯子碎片劃傷，「算了，我就是多管閒事，活該被揍！」

明明江寧軒是先動手的人，然而此刻他臉上卻有萬般忍耐和悲傷，眼眶漸漸盈滿淚水，堅持著不讓眼淚掉落。

他的眼神觸動了林予澄。

「江寧軒……」林予澄伸出手，想看看江寧軒受傷的部位。

江寧軒看破林予澄的意圖，退了一步，避開他的觸碰。

林予澄的手指落空，只好落寞地收起。

「冷淡、難搞又虛僞！我怎麼會喜歡你這種人！」孟卻白瞪著祁洛郢，念出江寧軒的臺詞，也像是把自己的心裡話趁機發洩出來。他的情緒滿溢，每一句臺詞都極富渲染力，說到了末句時眼眶裡的淚才無聲落下。

何導眼睛一亮，點點頭，小孟現在的眼神和氣勢很不錯啊，和先前NG的那幾次都不一樣。

江寧軒說完就往外走，鏡頭裡只留下林予澄。

林予澄直直望著江寧軒離去的背影，冷淡的表情慢慢鬆動，眼中的神采瞬間黯淡。他垂下目光，嘴角顫顫揚起一個小小的弧度遂又放下，似自嘲也似無奈，更多的還是心疼。

林予澄看著桌上的一小滴血，那是江寧軒留下的……

何導見狀立刻讓攝影師拉近鏡頭，給祁洛郢一個臉部特寫，片刻，他滿意地喊道：

「卡！過！」

臨演和周遭工作人員頓時鬆了一口氣。

祁洛郢知道這幕通過後，立刻四處尋找孟卻白，明明以前他拍戲時孟卻白都會在旁邊看，怎麼今天躲得不見人影？該不會眞的要和他絕交吧？

他急急抓了一個工作人員詢問，得知孟卻白在休息室，便馬上趕了過去。

祁洛郢一進門就看到孟卻白枯坐在椅子上，孟卻白肯定有聽見開門聲，卻一個眼神也沒看過來。祁洛郢很是心虛，不知道對方是不是故意不理他，不過這一切都是他造成的，只能硬著頭皮面對。

祁洛郢爲顯誠意刻意不拉椅子坐，而是直接蹲在孟卻白旁邊，拉著他的袖子，低聲道歉，「對不起，我剛剛那些話都不是眞的。」

孟卻白緩緩抬頭，祁洛郢發現孟卻白的眼眶依然泛紅，似乎還有晶潤水光。

祁洛郢沒想到孟卻白會如此難受，自責和擔憂簡直快把他逼瘋了，趕緊手忙腳亂抽了兩張面紙塞進孟卻白手裡，還給了孟卻白一個大大的擁抱，「別難過了，我是眞的把你當朋友，那些話都是騙你的。」

孟卻白愣了一下，沒想過祁洛郢會抱他，不太好意思地轉過頭，擦掉眼裡的淚水，接著才回：「我知道。」

「你知道？」祁洛郢訝異，孟卻白知道什麼？難道他一直都沒被騙嗎？可是他剛剛臉上的憤怒和傷心不像假的啊？

「一開始我真的很生氣，但我知道你不是那樣的人。然而我還是生氣了，我氣的是我自己，因為我沒把工作做好，所以讓你必須想辦法幫我。」

祁洛郢不曉得孟卻白到底是如何看出他不是那樣的人了？他幾分鐘前那副薄情寡義的樣子應該演得挺逼真的吧，哪裡有破綻？

不過現在這個狀況應該是皆大歡喜的結局吧？NG不斷的一幕戲順利拍完了，孟卻白也沒生他的氣，其他的就不需要計較太多了吧……

「我們算和好了？」祁洛郢小心翼翼地問。

「別再說那種話了。」孟卻白點頭，語氣中難得有幾分哀怨。光是這一次他就覺得世界彷彿崩塌，要是再來一遍，他不確定自己能不能承受得住。

「好，我再也不說了。」祁洛郢信誓旦旦地承諾，儘管當時的祁洛郢面上鎮定，其實他內心還是嚇到了。玩弄感情的玩笑不能多開，一不小心就會玩火自焚。

「我會更努力。」這段時間孟卻白想了很多，不管他最後到底能不能和祁洛郢在一起，他都不想在工作上拖累祁洛郢。

祁洛郢忍不住揉揉孟卻白的頭髮，給他一點鼓勵，「你很努力了。」

「不夠。」孟卻白明白自己和祁洛郢間的差距就是十年的演藝經驗，他沒辦法改變時間，卻可以加倍努力讓自己早日追上祁洛郢的步伐。

孟卻白的表現祁洛郢是看在眼裡的，除了每天特別早到片場，他面對工作也很認眞，臺詞背得特別仔細，經常一字不漏地完整背下。或許他偶爾發揮得不太好，但那也是因爲經驗還不夠，祁洛郢認爲，假以時日他也是有可能拿座影帝獎項的。

祁洛郢拍拍孟卻白的肩，此刻他能做的只剩給他打氣了，「加油。」

休息時間有娛樂新聞記者來探班、訪問兩位炙手可熱的男演員，還不忘給劇組帶了下午茶點心。

這個訪問是事前約好的，劇組上下都提前收到了通知。在不妨礙拍攝的狀況下，電影公司非常樂於接受幾個採訪，適度替作品預熱之外，也可以在群眾心中留下印象。

採訪小組找了個光線好又不妨礙劇組作業的靠窗角落，擺了兩張椅子，祁洛郢和孟卻白就用電影裡的造型出鏡。由於定裝照已經曝光過了，所以角色造型就不需要特別保密了。

兩人坐定後，採訪記者就隱身在鏡頭外問問題，一開始先讓他們向觀眾打招呼，然後介紹電影，等該做的宣傳做完了，話題就回到祁洛郢和孟卻白身上。

「兩位演員共同工作一個月了，能說說對方的感覺嗎？」

祁洛郢沒怎麼思考就回答，「卻白人很好，工作很認眞，很開心可以一起拍戲。」

祁洛郢說完，孟卻白想了一下才說：「他很好。」

鏡頭外的記者對於孟卻白過於簡短的回答早做好心理準備，拿出耐心再度開口，「可以請孟卻白多說幾句嗎？」

孟卻白轉頭發現祁洛郢正在看他，表情似笑非笑，「快說說我哪裡好啊？」

孟卻白耳根微紅，「他的個性很好，有委屈會自己吞下不聲張。他會照顧人，有時候他明明可以不管，但他就是願意主動幫忙。他很敬業，會努力達到導演的要求，從沒聽他抱怨過，還有——」

祁洛郢沒想到孟卻白會這麼說，他心想商業吹捧通常一兩句就夠了，再聽下去他都快心虛臉紅了，於是趕緊打斷他的話，「太誇張了吧，你把我說得太好了，我的經紀人是不是賄賂你，讓你說我好話？」

攝影小組連忙捕捉在鏡頭外拚命搖頭的薛凱鑫，打算回去後製加上撒錢和孟卻白背稿的動態文字和圖案效果

「沒有。」孟卻白認眞地否認。

記者被孟卻白那一長串話給震住了，這應該是孟卻白除了被迫念信之外，在訪問中說過最多字的一次了吧？而且還是誇祁洛郢……這簡直太符合電影的官配形象了！

記者小心藏起心中的粉紅泡泡，「你們感情很好呢！是拍戲才認識的嗎？」

「以前在後臺見過面、打過招呼，一起合作才變熟的。」祁洛郢含糊地說著，他不太想透漏他們相遇的細節，免得被問起三次影帝落選的感想。

一旁的孟卻白彷彿心有靈犀般，沒多說話，只是輕輕點頭。

訪問的最後記者慣性替觀眾要福利，「聽說電影裡有不少吻戲，兩位能幫我們示範一下嗎？」

「好啊。」祁洛郢故意朝鏡頭眨了下眼，推了推鼻梁上的金絲眼鏡，那畫面讓盯著螢幕首當其衝的攝影師大叔也覺得帥。接著，祁洛郢站起來一手撐在孟卻白身後的椅背，同時俯身壓向孟卻白。

在記者摀嘴無聲尖叫時，他拉起孟卻白的手，把唇輕輕擦過孟卻白的手背，不到一秒就快速放開，回到自己座位上對鏡頭笑得燦爛，「更進一步的畫面就請大家進電影院看囉！」

女記者回過神來，意識到祁洛郢骨子裡根本是隻狡猾的狐狸，惡意吊觀眾胃口！然後視線轉向孟卻白，發現他還愣在椅子上，靦腆地看著自己被親過的手，意外地純真可愛啊！

記者快速腦補了一場老狐狸和小綿羊的纏綿糾葛後，趕緊正色說：「天啊，怎麼只有親手呢？螢幕前的腐男腐女們一定和我一樣扼腕。沒關係，電影上映後我們一定要進影院看個過癮！」

記者瞥過手錶，知道訪問時間快結束了，看了一眼手上的提問稿，問出最後一個問題：「結束訪問前，有個問題想問祁洛郢，觀眾們都知道《東方夜行記》原定的男主角是你，想問你對於宋秉恩接替你演出《東方夜行記》有何感想？」

孟卻白沒想到記者居然偷渡和這部電影無關的陷阱題，想衝收視率和點擊率也不該這樣吧？

然而祁洛郢不以為意，他保持淺笑，態度落落大方，「祝福他們。」

這樣的問題就算這個記者不問，以後肯定也會有人問，祁洛郢早就想好答案了，不管誰問都一樣。

訪問至此結束，兩人向採訪團隊道謝後便回到劇組繼續拍下一場戲。在鏡頭外盯場的薛凱鑫上前攀談，表示希望最後的敏感問題播出時不要加油添醋，女記者和隨行人員皆是一口應允。

演員的職業操守六：不可能每個人都喜歡你

《上班要專心》拍攝順利，目前進度超前三天，經費和時間都很充裕。何導心情特別好，這天決定提早收工請大家吃飯，彌補前陣子劇組跨年連假還要工作的缺憾。

消息一宣布，每個人都大聲歡呼、笑顏逐開，工作人員快速收拾好道具器材，兩位主演換回自己的私服後在化妝師的協助下完成卸妝，戴上帽子或口罩低調上車。

何導對吃沒有講究，隨意選了距離拍片地點近的美式餐廳，由於劇組人多，他們便包下整層二樓。

祁洛郢和孟卻白到得稍晚，一來就被請去和何導坐同一桌，正好那桌就剩兩個位子。

萍姐是業內前輩，旁邊自然有人搶著讓座給她，盛情難卻下半推半就地坐下。阿佑跟著祁洛郢兩年了，這點眼力還是有的，見狀禮貌地和何導打了聲招呼，說要和這幾天認識的劇組朋友同桌。

餐點現點現做，沒那麼快上菜，啤酒倒是很快就送上桌。

此次聚餐是何導訂下的，於是大家起鬨讓他說話。何平面帶微笑走到場中，順勢發表了一段感性談話，他大概是文藝片拍多了，話語頗具渲染力，幾句話就說到大家心坎裡，每個人一瞬間都有種生命共同體的感覺，甚至還有些熱血沸騰。

眾人起立，互相給同桌的人斟酒，再共同舉杯一飲而盡。

「祝電影大賣！乾杯！」

酒一下肚氣氛頓時被點燃，每桌都熱鬧地聊了起來，加上一整層都是自己人，不用怕吵到外人，於是整個劇組更加放得開。

祁洛郢心情很好，笑容可掬地一一向何導、副導、萍姐敬酒，而且每次都是一杯乾，顯得誠意十足。敬酒時他當然沒忘恰到好處地恭維兩句，拿捏得極有分寸，讓被誇的人心裡舒坦又不認爲他矯情。

祁洛郢已經不是剛出道的毛頭小子，社交場合看多了就知道該怎麼應對，但他恣意慣了，知道是一回事，樂不樂意做是另一回事。如果薛凱鑫在，就能看出祁洛郢眞的對這個劇組很滿意，不然祁洛郢可能連聚餐都會找藉口推掉。

孟卻白在集體敬酒時也配合舉杯，但僅是淺酌即止，在熱絡的環境下不喝采、不鼓譟，神色淡淡的。大概是孟卻白的高冷形象深植人心，這會也沒人勸他酒。

不過祁洛郢和他交情不一般，他們朝夕相處月餘，空檔時你一言我一語，把對方當練習說話或聊天解悶的對象，久而久之也漸漸熟了。祁洛郢早就不覺得孟卻白難以親近，閒來無事就愛逗他多講幾句話。

祁洛郢的位子正對著孟卻白，他先前就注意到孟卻白幾乎沒喝什麼酒，酒杯從剛斟滿到現在幾乎沒減少。

「你怎麼不喝？」

「沒有喝酒的習慣。」

祁洛郢好奇地看著孟卻白，「你喝醉過嗎？」

「沒有。」

這話引起了祁洛郢的興趣，他輕輕晃著玻璃杯裡冒著氣泡的蜂蜜色酒液，笑得不懷好意，「我喝一杯，你喝一杯，如何？」

孟卻白剛一抬眼就看見祁洛郢衝著他笑，好看的眼型微微瞇起，背後斜陽照進來，整個人閃閃發亮。他心臟不受控地亂跳，於是不敢多看，低下頭假裝看手機訊息，「不太好吧？」

旁邊有人聽見祁洛郢的提議，立刻起鬨，「不知道你們誰酒量比較好？」

這人的嗓門很大，立刻吸引一票人注意。沒多久，他們身邊就圍了一圈看熱鬧的觀眾。有人猜祁洛郢酒量好，也有人賭孟卻白深藏不露。

萍姐原本想勸，「喝酒傷身，隨意就好。」

沒想到孟卻白點頭，接受挑戰，「可以試試。」

既然孟卻白答應，那這場比拚就勢在必行了，周圍馬上掀起一波鼓譟聲。

何導也跟著看熱鬧，不忘囑咐兩句，「你們喝歸喝，明天不能請假啊！」

祁洛郢一口應下，「沒問題。」

幾句話的時間，已經有人把桌子上的餐點移開，放上大啤酒杯，「小杯子要喝到什麼時候，幫你們換成大的。」

「也好。」祁洛郢莞爾，雖然對杯子大小暗暗咋舌，但如今他當然不能露出怯色。

孟卻白皺了皺眉，他真的不太喜歡喝酒，會答應比拚只是想順著祁洛郢。

在圍觀群眾的喧鬧下第一杯酒很快喝完，祁洛郢喝得又急又猛，酒杯不到一分鐘便見底，孟卻白速度也不慢，臉不紅氣不喘地結束第一輪。

「不錯啊！看不出兩位都滿能喝的啊！」

「只喝一杯怎麼看得出來？」

接著，在劇組同仁們的叫好聲中，第二杯迅速斟滿。

孟卻白興致不高，徵詢了一下祁洛郢的意思，「還要繼續嗎？」

「繼續。」祁洛郢擦掉嘴角的啤酒泡沫，一臉鬥志盎然，拿起大啤酒杯湊到嘴邊喝了起來。

祁洛郢喝第二杯的速度明顯變慢，喝喝停停，倒不是醉了，而是肚子撐得不行。

孟卻白依舊是那副不慍不火的樣子，按著自己的步調把杯子裡的酒喝完。

兩人第二杯酒剛喝完，旁邊開始有了勸停的聲音，擔心明天主演無法上工……

「再來！」祁洛郢把大酒杯重重放下，臉上浮現紅暈。

大家的情緒被祁洛郢的氣勢帶動，掌聲剛響起，一道冷冽的嗓音卻在此時破壞氣氛，「算我輸。」

是孟卻白。

這個發展太出乎眾人意料，圍觀的男男女女面面相覷，明明孟卻白看起來還能再喝上幾杯，怎麼突然認輸了？

「你還可以喝吧？」祁洛郢瞇起眼睛看著孟卻白，像是要把他看清楚。

「不想喝了。」孟卻白把兩個大酒杯都放倒，不讓旁人再倒酒。

儘管孟卻白給出理由，但還是有人不信，繼續追問他爲什麼不喝了。

眞正的原因他不想說，如果說出來祁洛郢肯定會不高興——因爲他看出祁洛郢不想認輸，那就讓他來吧，在酒量方面孟卻白沒什麼自尊心和好勝心。

他注意到祁洛郢沒怎麼吃東西，在這種狀態下酒精吸收快，此刻祁洛郢的眼神顯然多了幾分迷濛，他實在按捺不住擔心。

「你確定要認輸？輸了是不是要處罰？」祁洛郢眨了眨眼，雖然外表看起來只是臉紅了些，然而在酒精作用下，他的反應已經遲鈍許多，「不對，我們剛才沒說要處罰，眞可惜……」

「那我欠你一個願望好了。」

「什麼都可以？」祁洛郢眼神頓時亮了起來。

「我能做到的都可以。」

「好！」祁洛郢心滿意足地笑了，揮揮手讓看熱鬧的人都散了，「不比了，沒什麼好看的，明天還要拍攝，不能開天窗。」

圍觀群眾多少有些意猶未盡，但是大家都還存有幾分理智，清楚知道隔天還得繼續工作，更何況何導正在一旁看著，他們沒理由給兩位主演灌酒。如果明天主演眞的缺席，那浪費一天拍攝日程的罪魁禍首就是他們了。

於是，劇組工作人員很快散開，各自去旁邊聊天找樂子。

祁洛郢看沒人注意他倆後，對孟卻白勾了勾手指要他湊近了說話。

孟卻白聽話地向前傾，把耳朵靠近祁洛郢，「嗯？」

「下次不准讓我。」不知道是不是酒意上頭導致祁洛郢抓不好距離，他說話時吐氣的熱度都砸在孟卻白的側臉和耳根，若有似無的搔癢感和酥麻感嚇得孟卻白馬上正襟危坐。

「聽到沒？」祁洛郢見孟卻白沒說話，以爲他不答應，立刻威脅地瞪了他一眼。

「好。」既然被發現了，孟卻白也就不瞞了，「下次不喝酒。」

祁洛郢罵了一句，「無聊。」

孟卻白不反駁，只是無奈地淺笑，「是啊。」

接下來祁洛郢故意纏著孟卻白講了一會話，從戲服幾天洗一次的祕辛聊到經紀公司的待遇，甚至談到如何躲過經紀人的緊迫盯人……祁洛郢聊得興起又倒了杯酒要喝，卻被孟卻白阻止了。

「可是酒都倒了，沒人喝很浪費啊。」

「我喝。」孟卻白搶過杯子，把裡頭的酒一口喝下。

孟卻白喝完才發現祁洛郢正好整以暇笑望著他，他頓時一愣，拿著杯子的手僵住，後知後覺地發現他擅自用了祁洛郢喝過的杯子……這樣會不會被當作變態？

雖然他們嘴對嘴親過了，不過私下畢竟只是普通朋友，這樣間接接吻似乎顯得過分親密了。

祁洛郢盯著孟卻白看了兩秒，最後卻像是沒意識到這點，笑著說：「我就知道你挺能喝的。」

孟卻白從祁洛郢的眼裡看出一絲計畫得逞的狡黠笑意，「……你誆我喝酒嗎？」

「你別這樣想。」祁洛郢笑容更盛，改用稱讚代替安撫，「你剛剛那瞬間挺帥的啊，沒想到你這麼會照顧人。」

孟卻白收到誇讚心裡確實開心，但他也曉得祁洛郢在轉移話題，「你才是會照顧人。」

「我？」祁洛郢愣然，連忙搖頭，「你把我想得太好了。」

反正我知道就好……這句話孟卻白沒說出口，即便祁洛郢否認也不會改變他被對方照顧過的事實，那些回憶他會放在心裡珍藏。

孟卻白稍稍停頓，才又繞回主題，「別喝了。」

「我沒醉，而且我還沒向大家敬酒致意呢！」

何平是妻管嚴，不能在外頭待太晚，他把餐費交給副導，叮嚀眾人不要玩得太晚、注意安全等等就先行離席，萍姐交代孟卻白幾句後也走了。

導演不在，所有人放得更開，笑鬧聲幾乎要把屋頂掀了。

祁洛郢拉著不情願的孟卻白去給幾組人馬敬酒，隨意和大家聊天，同時感謝他們辛苦的付出。

劇組裡的工作人員因爲戲劇開拍聚在一起，也因爲殺青各散東西，經常在不同劇組來來去去。許多明星們的傳聞、八卦也跟著他們到處散播，演員們就算不刻意與他們打好關係，留個好印象也很重要。

其間遇上有人開玩笑，說兩人的架式和喜宴新人敬酒差不多。碰巧他們正在拍的是同性戀題材電影，這個玩笑特別應景，逗笑了一些人，但也有一些人不敢笑，就怕兩位主演惱怒。

祁洛郢成了被揶揄的對象並不生氣，反而落落大方地攬上孟卻白的腰，「謝謝大家特地祝福我們。」

眾人沒想到祁洛郢這麼沒有架子還配合演出，剛剛不敢笑的人也跟著笑彎了腰，對他的好感度立即提升了不少。

孟卻白不敢置信地看了一眼祁洛郢，正想著該說些什麼時，祁洛郢就鬆開手，朝他眨了下眼，輕聲說了一句：「抱歉，占你便宜了。」

「我沒不高興。」

孟卻白這話說得也很輕，差點淹沒在眾人的喧鬧聲裡，不過祁洛郢聽見了，微微一愣，「哦，那就好。」

祁洛郢和人說話時，孟卻白就拿著酒杯靜靜待在一旁，等祁洛郢聊完後，再讓祁洛郢拉著他到下一桌。

祁洛郢酒量不差，就算空腹喝啤酒最多只是微醺，可劇組其他人還開了紅酒和伏特加，盛情難卻下他免不了陪著大家喝了幾杯。

後來，祁洛郢頭暈得快站不直，不得不承認自己醉了，拉著孟卻白就是一句：「借我靠一下？」

「好。」

孟卻白直接攬過祁洛郢，而祁洛郢伸手搭上孟卻白的肩，放心地把半邊身體靠在他身上。

孟卻白把祁洛郢帶回座，遞給他一杯水，看祁洛郢狀態還是不好，見人就眯起眼睛笑得招蜂引蝶，他便果斷做下決定，「你醉了，我送你回家。」

「不用，阿佑可以送我——」祁洛郢轉頭往阿佑那桌一瞧，只見他的助理已經趴在桌上一動不動，感覺比他還醉。

祁洛郢突然覺得頭有點痛，他是不是該換個比較可靠的助理？

雖然他的助理醉到沒辦法開車，可他還是不想麻煩孟卻白，「我和阿佑能搭計程車。」

「不行，太危險了。」孟卻白皺眉。

他們這些公眾人物表面上光鮮亮麗，但名氣越大也承受著越多風險，走在路上不知道有多少眼睛在暗中盯著。更何況現在祁洛郢已經喝醉，若是沒控制好言行舉止、稍有差錯就會被媒體大做文章，在此狀況下，孟卻白無法放心把祁洛郢交給陌生人。

孟卻白又補了句，「我送你回去，車就在樓下。」

祁洛郢看孟卻白堅持，也就放軟態度，「如果不麻煩的話……」

「不麻煩。」孟卻白立刻撥電話讓司機把車停到餐廳樓下，這樣兩人一下樓就能直接上車。

祁洛郢暈呼呼地走了兩步，想起他的助理還趴在桌上，「阿佑呢？」

「我聽見有人說會送他回去，不用擔心。」

「嗯。」

孟卻白幫祁洛郢戴上帽子以掩去半張臉，再穿上毛呢大衣免得著涼，接著他攙扶祁洛郢低調走出餐廳，搭上一台黑色休旅車，整段過程在夜色覆蓋的城市街頭沒有引起多餘的注意。

祁洛郢坐上車後說了一串地址就不勝酒力睡著了，他身體斜斜傾倒，最後砰的一聲，頭撞到車窗邊框，祁洛郢昏沉沉地低叫一聲又再度昏睡。

孟卻白見狀嚇了一跳，連忙拉過祁洛郢讓他把身體靠向自己，同時把祁洛郢的頭枕在他肩上。

車上播放著孟卻白喜歡的鋼琴曲，琴聲輕快而溫柔。突然，一道咬字含糊的聲音傳來，「孟卻白，我好像不討厭你……」

「嗯？」孟卻白低頭，發現祁洛郢眼睛閉著，他在說夢話？

「不討厭和你接吻、抱在一起。」

「太好了。」孟卻白勾起嘴角，低聲回應著。

「我不喜歡男人。」

孟卻白輕輕嘆了口氣，「我知道。」

「你應該找個老師補課，吻戲不是那樣親的——」

「你當老師來教我？」

「還好你遇到我，才願意跟你真親。」

「我也沒想跟別人真親。」

「你喜歡的那個演員到底是誰？」

孟卻白看祁洛郢依然緊閉雙眼，沒有半點要醒過來的跡象，心想他明天醒來後肯定不記得自己說過什麼。

於是，孟卻白低下頭，在祁洛郢耳邊輕輕說：「是你。」

孟卻白的司機駕駛技術很好、口風很緊，他甚至沒有往後座多看一眼，也沒有詢問任何問題。

車子平穩地行駛在寬敞的馬路，街頭五光十色的燈光透進車窗落在車內兩人的側臉上，斑爛的光線沒有打擾相偎的兩人，反而映出幾分纏綿繾綣的意味。

孟卻白垂著目光，緊緊注意祁洛郢的動靜，貪婪地享受這美好的片刻，他恨不得車程可以更遠一些——儘管他的左手已經被壓得發麻。

約莫二十分鐘過去，車子停在一棟高聳新穎的大樓前。

車子一停下就有保全上前關心，和大廳管家打過招呼後，車子駛入地下停車場，他們由地下室電梯直達祁洛郢的住處。

兩人身高相仿，半攙半架的不好走路，孟卻白索性彎腰，一手伸向祁洛郢後背，一手伸向他的腿彎，把祁洛郢打橫抱了起來。孟卻白平日積極健身的成果在此時展現，他抱起祁洛郢的動作一氣呵成，臉上神情一派輕鬆自若。

祁洛郢感覺到自己的雙腳離地，閉上的眼睛緩緩睜開，不解地看著眼前的孟卻白，聲音帶點沙啞，「你做什麼？」

「送你回家。」

「我自己走。」語畢，祁洛郢開始掙扎。

然而孟卻白並沒有放手，甚至還把祁洛郢抱得更緊，「忍一下，到了就放你下來。放心，監視器拍不到你的臉。」

「不是這個原因。」祁洛郢很是尷尬，畢竟一個男人被公主抱心理上總是有點無法接受。

孟卻白抱著祁洛郢走出電梯，停在走廊叉路口，低聲問：「怎麼走？」

「左邊。」祁洛郢無奈地接受了孟卻白的公主抱，主動把手勾上孟卻白的肩膀，他不想摔得太難看，心想早點到家就可以擺脫這尷尬的姿勢。

在祁洛郢的指路下，孟卻白很快來到祁洛郢家門前。祁洛郢把手指往門上面板一按，門鎖就解開了。

「謝謝你送我回來。」祁洛郢勉強打起精神，說完這句話就急著想脫離孟卻白的懷抱。

祁洛郢家裡的格局一目了然，玄關後是客廳，餐廳、廚房和客廳相對，再往裡走是視聽室、健身房和主臥。大概因爲祁洛郢一個人住習慣了，室內房門皆是敞開的，孟卻白稍一打量就找到主臥的位置，抱著祁洛郢逕自往該房間走去。

「放我下來。」祁洛郢不知道為什麼孟卻白還抱著他，他是有點醉，但他能自己走……或許吧？

「會的。」孟卻白沒有多做解釋，走進祁洛郢有著舒適大床的主臥室，俯身把祁洛郢放在床上。

進口床墊軟硬適中又有彈性，舒服得像棉花堆似的，祁洛郢一躺下就湧上睡意。熟悉的環境和氣味讓人安心，他勉強撐著的意識瞬間瀕臨崩塌。

「門帶上就會自動上鎖，謝謝你，改天……」祈洛郢語調慵懶、咬字含糊，話還沒說完眼皮就不受控地闔上。

祁洛郢睡著時呼吸平穩，褪去張揚的神采，面容恬靜安然、毫無防備，但依然是孟卻白喜歡的樣子，其實只要是祁洛郢他都喜歡。

孟卻白幫祁洛郢脫下鞋子蓋好棉被，還貼心地幫他把掉在床上的手機放到床邊矮櫃上充電。

坐在床沿靜靜看著祁洛郢一會，孟卻白情不自禁伸手輕輕撥開對方額前的碎髮，俯身在他額間落下一吻，不到兩秒立即退開。

嗯，這樣就夠了。

他滿足了，卻也不滿足，他想做的還有很多，然而他不想趁虛而入。這場暗戀已經持續十年了，不急於一時。

不過，他說了自己是同性戀，祁洛郢爲什麼對他如此沒有防備？

倘若其他人不像他這樣克制怎麼辦？

但要是祁洛郢對他有防備，他也沒辦法出現在這裡了……

孟卻白知道自己的想法很矛盾，或許戀愛就是讓人患得患失且毫無邏輯。

看了看時間，已過午夜，他該回家了。孟卻白起身準備離開時，祁洛郢的手機畫面一亮，吸引了孟卻白的目光，那是一則訊息提示。

「看到新聞說你在拍新電影啊？八成又是部爛片……」

雖然手機螢幕鎖定，孟卻白仍能看到部分訊息內容，他只看這部分就能感受到其中滿滿的惡意。

孟卻白被這迎面而來的惡意刺傷，目光驟冷，內心怒不可抑。

是誰傳這種訊息給祁洛郢的？

發送者隱藏了號碼，不過不難猜測應該是黑粉傳的。

想到黑粉，孟卻白就更生氣了，祁洛郢只是認眞工作沒有對不起誰，爲什麼要傳這些訊息傷害他？

孟卻白當然不會天眞地以爲每個人都該喜歡祁洛郢，人人都有喜歡誰或不喜歡誰的自由，但爲什麼要懷著惡意攻擊另一個人？

孟卻白知道祁洛郢過去曾經公開呼籲黑粉理性並譴責相關行爲，但近年來則不再對他們喊話，孟卻白以為那是因為黑粉已經收斂許多，沒想到至今祁洛郢依然受到黑粉的騷擾。

只要是人，收到負面評論怎麼可能不難過？

一想到祁洛郢一直默默承受這些，孟卻白便胸口隱隱作痛。

若他能替他擋掉這些惡意攻訐就好了，但無奈他可以做的不多，只能默默把這則訊息刪掉，縱使此舉只能減輕一點點傷害，也比什麼都不做好。

孟卻白拿起手機，湊近祁洛郢的手指解開了螢幕鎖定，他知道自己的行為侵犯個人隱私，他不應該這麼做。他在心裡暗暗發誓他只要刪除那則簡訊就好，絕對不會偷看手機裡的其他資料。

孟卻白點開簡訊，卻宛如石化般僵住。

映入眼簾的是超過千則的未讀簡訊，光是預覽就能看見滿滿的惡毒言語，粗略估計，其中這類型的訊息約占了九成——原來黑粉的騷擾從沒停過。

孟卻白不敢相信自己看到的一切，他現在能刪掉一則簡訊，但他沒辦法刪掉全部，更沒辦法阻止以後的惡意簡訊。

孟卻白知道有些黑粉會在網路評論裡攻擊祁洛郢，可是沒想到情況比他想像嚴重許多。

他的目光落在祁洛郢臉上，又是心疼又是愛憐，他想保護祁洛郢，抱住他給他溫暖，為他擋去那些惡毒的攻擊，但他沒辦法，至少現在還不行。

刪除完剛剛那則簡訊，孟卻白把手機放回床邊櫃上。

他放輕腳步，走出祁洛郢的房間，卻在完全闔上門的前一秒停手，嘴唇微動，幾近無聲地說：「抱歉，再讓我做一件事吧。」

孟卻白拿出自己的手機，傳訊息給水各一方，而祁洛郢放在床頭的手機一亮。

孟白白：「晚安。」

這幾日他心中的猜測終於被證實，水各一方就是祁洛郢。

「晚安。」

孟卻白聲音不大、語調低沉，寥寥二字蘊含情意，他深深看了一眼床上的男人後，離開了祁洛郢住處。

這個晚上，他意外知道了祁洛郢不為人知的一面，儘管心疼無奈，卻也距離眞實的祁洛郢更近了一點。

✦

隔天，祁洛郢是被經紀人載到片場的，薛哥一邊開車一邊數落阿佑失職，也罵祁洛郢昨晚喝得太過頭。

公司的車昨晚停在聚餐的餐廳附近，此時薛凱鑫開的是自己的車，身上的羽絨外套把他圓潤的身形包裹得更爲臃腫，外套裡是和他形象落差極大的卡通圖案家居服。

有別於以往西裝革履容光煥發的模樣，薛凱鑫頂著一頭亂髮，看得出來是匆匆出門，而且顯然火氣正大，他剛對著闖紅燈的車子按了一頓喇叭，接著繼續罵道：「哪有助理比藝人先醉倒的？我一定要扣他獎金，今天他爬不起來就算曠職一天，薪水照扣！」

祁洛郢原本想躲去後座補眠，但被他的經紀人制止，只好待在副駕駛座上聽訓。宿醉導致他頭痛欲裂，揉著太陽穴，眉頭深鎖，滿臉都是起床氣。聽見經紀人的抱怨，他知道幫助理說話也沒用，索性順水推舟，「你這麼不滿意阿佑，乾脆炒掉算了？」

「我的確有這個打算，但是難得有人可以接受這種工作時間和待遇，並且忍受你兩年，讓我很爲難。」

「什麼？難道不是忍受你嗎？」祁洛郢略提高了語調，朝著薛凱鑫挑眉，他對助理應該不差吧？

「忍受我？我對阿佑不好嗎？他已經不是第一次沒照顧好你了，他還敢安穩地在家睡覺？」薛凱鑫罵罵咧咧的，不過大多是口頭上出氣，有時在工作上他的要求的確是多了點，但該給的福利都沒少。

「能在家睡覺挺好的。」祁洛郢想到睡眠不足、宿醉頭痛還要工作的自己，頓時有點羨慕阿佑了。

「你昨天怎麼回家的？」薛凱鑫念完助理後氣消了一點，等紅燈時轉頭看見祁洛郢那副消極怠工的模樣，突然又一肚子氣，怎麼一個比一個讓人不放心？

祁洛郢心神處於半放空狀態，一時沒回答上，「嗯？」

「阿佑醉到早上都叫不醒，昨晚肯定比你還醉。那總該有個人送你回家吧？天啊，還是你連那個人是誰都記不起來了？」薛凱鑫一邊開車一邊崩潰，「你知不知道這樣多危險？你還記得自己做過什麼嗎？打人沒？和誰過夜？還是在大街上裸奔了？給我個心理準備，我好提前幫你準備道歉記者會，要是沒辦法收拾爛攤子你就準備退出演藝圈吧！」

祁洛郢被薛凱鑫這麼一問，昨日的記憶慢慢浮現，他撇了撇嘴角，鄙視經紀人越來越誇張的猜測，「我什麼也沒做，聚餐結束就回家了。」

「誰送你回家？」

「孟卻白。」祁洛郢做了一個深呼吸平撫心情，他想起自己被公主抱的事情了。

薛凱鑫驚嘆一聲，「你們真的變成好朋友啦？」

「只是送我回家，不需要多深的交情。」

「除了姚可樂，你沒讓別的朋友去過你家吧？」

祁洛郢仔細一想還真是如此，不過他不覺得這有什麼，懶懶地解釋，「我家沒什麼好玩的，找人來幹麼？

「多交點朋友不是壞事，孟卻白雖然是新人，但他肯定不簡單。」

「才拍第二部電影你就看出來了？」

「他是剛出道沒錯，但絕對不是普通人。你想想，哪個新人有他那樣的資源？一出道就成立自己的工作室，這錢哪來的？帶他的經紀人還是業界經驗豐富的前輩，萍姐早就嚷著想退休了，為什麼放著原本的天王天后不帶，跑來帶一個新人？他這兩部電影的男主角又是怎麼拿到的？我沒聽說當時有公開試鏡，就連徵選的消息都沒放出來過。另外，網路上幾乎沒有關於他的負評，我不相信這方面沒有人特別打點。」

薛凱鑫說的，祁洛郢其實多少有所察覺，只是他不想探究那麼多。工作已經不輕鬆了，還要去揣測哪個人可以深交、哪個人不行，這樣未免活得太累了。

他敷衍地扯了下嘴角，「所以？」

「孟卻白不是哪家富少就是被哪個金主包養。」

祁洛郢聽到第二個猜測立刻樂得笑出聲，他無法想像孟卻依偎在另一個男人懷裡百依百順的樣子。

薛凱鑫有點不開心，「笑什麼？我的推測很合情合理。」

祁洛郢止住笑，「沒什麼，薛哥觀察入微。」

「我說的你心裡有底就好，別去問孟卻白啊。」這圈子裡最不需要的就是對別人隱私的好奇心。

「你放心。」祁洛郢當然明白其中的道理。

祁洛郢今天到拍攝現場的時間比較晚，進到休息室時化妝師已經在替孟卻白上妝。

「不好意思，我來晚了。」祁洛郢略帶歉意地朝自己的化妝師說道。

「不晚不晚，時間還夠。」化妝師連連搖頭表示沒關係。

孟卻白微微側過臉，「是我們提早了。」

「就知道你昨晚保留實力。」

「我單純沒有特別喜歡喝酒而已。」

「我平時沒那麼容易醉，都是混酒的關係。」祁洛郢說到這裡有點不好意思地彎了一彎嘴角，湊近孟卻白，俯身低聲問：「我有吐嗎？」

孟卻白感覺祁洛郢頭髮擦過他的臉頰，有些發癢，輕輕回了句：「沒有。」

「有對你做什麼不該做的事嗎？」

「也沒有。」這點孟卻白倒是希望有。

「那就好。」祁洛郢鬆一口氣，酒後鬧事、酒後亂性都沒發生真是太好了。

他直起身走到衣架旁脫下外套和帽子，然後坐上椅子準備上妝。由於他在電影裡穿的都是前開襟襯衫，穿衣時不會碰到畫好的妝容，所以戲服在妝前或妝後換都可以。

祁洛郢看向鏡子裡那張猶帶睡意的臉，憶起昨晚孟卻白送他回家，雖然想對公主抱怨兩句，然而現在還有兩位化妝師在，這件事也不適合到處宣揚，只好言簡意賅地向孟卻白道謝，「總之，昨晚謝了。」

孟卻白的化妝師正在幫他畫眉峰，所以他只能直視前方，唇角揚起一抹難以察覺的弧度又克制地收了回來，「剛好順路而已。」

「不行，該謝的還是要謝，下次請你吃飯。」

「好。」

「你什麼時候有空？」

「今天。」

「啊？」不只祁洛郢愣了一下，這話把原本認真工作的化妝師也逗樂了。

祁洛郢看著孟卻白認真的眼神，確定對方不是開玩笑的才點頭答應，「那就今天吧！」

他們立刻討論起收工後要去吃什麼，孟卻白先聲明今晚不喝酒，而祁洛郢還在宿醉，對酒興致不高，便同意了，接著提議了幾家他常去的店，等收工後讓孟卻白決定去哪間。

兩人熱絡的談話讓兩位化妝師頗感意外，沒想到祁洛郢不只沒架子，還能把傳聞中的高冷男神融化成這副平易近人的樣子？

今天要拍的是街頭場景，兩人在休息室完妝更衣後就跟著工作人員下樓，選定的場景距離大樓步行約三分鐘左右。

這幾幕戲是林予澄帶江寧軒拜訪客戶做市場調查時，兩人在街頭談話的橋段。劇組依照申請好的拍攝許可，在轄區警察的協助下於街道兩端拉起封鎖線，開始進行拍攝。

薛凱鑫停好車後就先到現場了解今天的拍攝行程，也和幾個工作組的組長打過招呼，處理完這些事後就在入口處等祁洛郢，一見自家藝人的身影立刻就迎了上來。

「怎麼那麼熱鬧？」祁洛郢剛走出建築，就看見封鎖線外圍了一群人，還有工作人員正在勸離幾個突破封鎖線的民眾。

「不知道拍攝的消息是如何流出去的，你們兩個現在是最有人氣的男演員，在街上拍戲怎麼可能沒有人圍觀？」對於祁洛郢如今的高人氣與地位，薛凱鑫向來與有榮焉，他過去那些辛苦的日子終歸沒有白費。

「借過！借過！」劇組工作人員看見祁洛郢和孟卻白走過來，連忙手勾手搭起人牆，排開人群清出通道好讓他們進入拍攝地點。

和孟卻白的面無表情相比，祁洛郢親切多了，他快速通過的同時不吝對那些喊他名字的粉絲微笑，這畫面被數十台手機拍下，很快就在網路上傳播。

祁洛郢確認完走位後就在一旁的遮陽棚下等待開拍，突然有些口乾舌燥，這才想起自己因為宿醉不舒服，到現在滴水未進。

水吐在人行道上。

「謝了。」祁洛郢接過水瓶，湊到嘴邊喝了一大口，嚥下的瞬間立刻瞪大眼睛，把

「我去拿。」薛凱鑫聞言馬上跟生活製片拿了礦泉水，遞給祁洛郢。

「有水嗎？」

「怎麼了？」薛凱鑫發現不對勁，他知道祁洛郢不會用演技開這種玩笑。

「水、水有問題。」祁洛郢臉色發白，聲音變得沙啞，背脊佝僂著，手摀著嘴巴乾嘔，他喝得太急，有些水已經被他嚥下了。

「你現在哪裡不舒服？」薛凱鑫變了臉色。

「喉嚨痛、想吐、頭暈……」祁洛郢渾身都是冷汗，猶在鼻尖的刺鼻氣味、灼熱的喉嚨和止不住的暈眩都讓他懷疑自己會不會一閉眼就無法再睜開？

薛凱鑫注意到祁洛郢聲音顫抖，音量還越來越小，曉得情況危急不能拖延，一手撐著搖搖欲墜的祁洛郢，一手拿起手機叫救護車。

不遠處的孟卻白發現祁洛郢這邊的動靜，丟下正在和他討論的工作人員，用最快速度跑了過來，幫忙薛凱鑫一起撐起祁洛郢，「怎麼了？」

祁洛郢抬頭看了孟卻白一眼，這一眼把孟卻白看得心神大亂。不久前還言笑晏晏的人此刻臉上血色褪盡、雙眉緊蹙面露痛苦，他耳邊傳來薛凱鑫焦急的聲音，「對，這個地址，請派輛救護車，快一點！」

「撐住，你一定會沒事的！」孟卻白注意到掉落在一邊的水瓶，對照祁洛郢的狀態，心中有了猜測。他既心疼又憤怒，更多的是害怕，他不敢想像最壞的結果。

一定會沒事的！

拜託，一定要沒事。

祁洛郢不知道是不是相信了孟卻白的話，只見他輕輕點了點頭，下一秒卻站立不穩晃了一下。

周圍許多群眾已經注意到情況不對，頓時驚呼聲四起。

孟卻白趕緊將祁洛郢攬進懷裡，低頭看見祁洛郢依然臉色蒼白，當機立斷抱起祁洛郢就往薛凱鑫剛剛在電話裡報出的路口跑。

「放我下來。」祁洛郢聲音虛弱地抗議著，他實在不能接受大庭廣眾下被公主抱。

「你連站都站不穩了還想自己走？」孟卻白反而把祁洛郢抱得更緊。

「大家都在看。」

孟卻白無心顧及旁人目光，但還是得考慮祁洛郢的心情，「你不要抬頭。」

這不是臉會不會被拍到的問題啊！

他剛還用這一身造型和粉絲打招呼呢，怎麼可能不抬頭就不會被認出來？

只是祁洛郢現在實在沒力氣爭辯，好在孟卻白動作快、腿長步子邁得大，沒多久就到了街口，救護車也及時趕到。

薛凱鑫急急和旁邊的工作人員交代兩句，隨即跟上孟卻白，一起上了救護車。

祁洛郢誤喝有毒飲料入院的消息成了當天的重大社會事件，各家新聞臺無一例外重點播報，媒體高層發現收視率提高，頓時精神一振。收到指示的媒體從業人員立刻發揮最大工作效率，幾個小時便增加了數條深入報導。

除了訪問目擊群眾、推測可能兇手、探討黑粉議題外，還順道回顧了祁洛郢的生平和出道至今的作品，整個節目流程彷彿在追弔過世藝人般。

因爲媒體和群眾對事件的高度關注，警方接獲報案一個小時內馬上成立專案小組，逐一盤查當時出現在現場的人。從劇組工作人員到圍觀民眾，每個在人接受完筆錄、釐清嫌疑後才被允許離開，除了幾位關鍵證人或重大嫌疑人。

薛凱鑫作爲最後接觸祁洛郢的人，就是其中一員。

「我是他的經紀人！他不能工作就等於我沒有收入！他出事對我一點好處都沒有！」薛凱鑫在警局裡坐了大半天，警察來來回回的訊問把他的耐性都磨光了。

在他察覺自己可能被列爲嫌疑人時更是怒不可抑，所有的解釋都以咆哮的方式喊出口，恨不得把心掏出來似的，口沫都快噴到桌子對面的警察臉上。

警察把薛凱鑫的回答寫進筆錄，沒有多餘的反應，看不出是否相信了他的說詞，「有人聽見你們早上吵架？」

「我只是勸他聚餐不要喝太多酒，哪裡算吵架？我們感情很好！」

警察點了點頭，「哦？你們經常吵架嗎？」

「再說一次，我們沒有吵架！我帶他工作十年了！我把他當弟弟看，隨時都關心著他，和家人一樣，叮嚀他注意身體健康算什麼吵架？」薛凱鑫回想早上自己與祁洛郢的相處過程，大概是出電梯時念了他幾句，被劇組工作人員聽到了吧。

「你從哪裡拿礦泉水的？」

「這個我已經說過了，我是跟生活製片拿的，劇組裡準備一些吃喝的東西很正常，我拿了水就直接給小祁了，根本不可能動手腳。你們如果沒有別的問題要問，可以讓我走了嗎？我在這裡從早上坐到天都要黑了，應該夠了吧？小祁出事我比誰都著急！而且我的手機快被打爆了，不只公司找我，還有很多媒體和合作廠商都打來了，要處理的事情跟山一樣多！」

警察看了眼薛凱鑫放在桌上的手機，它從薛凱鑫進警局後就一直震個不停，直到剛剛才靜了下來，大概是沒電了。

警察離開去請示上級，沒多久，便回到偵訊室，「薛先生，你目前還是證人身分，以後我們有需要會再聯繫你，屆時請配合調查。」

薛凱鑫如釋重負，立刻趕往醫院。

另一個房間內，生活製片正在做筆錄。

生活製片名叫張可瑄，是位高瘦的女子，皮膚不太好，臉上有些痘疤、膚色偏黃，瘦得顴骨特別明顯，不知道是天生營養不良還是工作壓力過大所致。

張可瑄從進警局後就猶如驚弓之鳥，面露懼色，員警問話聲音大了點，她就嚇得不敢說話，警察只好耐起性子放輕音量，「張小姐，請配合製作筆錄，按實回答就好。」

「我什麼都不知道，不是我做的，以前沒發生過這種事⋯⋯」

員警頭痛地揉了揉太陽穴，「現場的礦泉水是妳買的嗎？」

「不全是，早上拍攝現場附近有很多熱情的粉絲，有人送水、送飲料、送麵包，說是慰勞大家的辛勞，也有人拿過來希望能轉交給祁洛郢和孟卻白的卡片、花束、玩偶等等。」

「有人送東西妳就收？」

「經費能節省一點是一點，而且那些礦泉水我檢查過，包裝都是完整的啊。」張可瑄嗚咽了一聲，抽了抽鼻子，「我以後不會再收粉絲的禮物了，我真的不知道會發生這種事。」

另一名員警過來在問話警察的耳邊說了幾句話後離開，問話的員警眉頭緊蹙，但回頭看向張可瑄時眉頭就舒展不少，彷彿看到破案的一線曙光，「妳還記得送水的人的外貌特徵嗎？」

「不記得了。」

員警目光一沉，張可瑄立刻瑟縮了一下，低下頭怯怯地說：「當時人眞的太多了。」

員警不放棄，繼續追問：「一點記憶都沒有嗎？讓妳再看一次，應該能指認出來吧？」

張可瑄搖頭，「我、我有點小毛病。」

「什麼毛病？」

「臉盲。」

那個街區的路口監視器恰巧損壞，其他店家的監視器又沒照到警方想要的角度，現在最有可能看過兇手的人說她臉盲，破案的曙光瞬間消失。

負責問話的員警瞪著生活製片，那眼神像是想撬開她的頭蓋骨直接讀取早上的影像——無奈現行技術不支援。

於是，查找兇手的進度陷入膠著。

✦

祁洛郅在醫師的診治下，評估沒有立即的生命危險後，他便轉到普通病房繼續療養和觀察。

而剩下的礦泉水則被拿去化驗，裡面驗出了消毒水等化學物質，目前沒有相應的解毒劑，臨床上只能針對適應症做治療。幸好祁洛郢喝下的水不多，身體吸收的毒性甚微，及時治療後對身體的副作用不大。

祁洛郢的粉絲們看見新聞裡偶像昏倒送醫的畫面心都碎了，新聞留言區裡有九成都是在爲他祈福。

「祁祁一定要沒事（大哭）！」

「天啊！快告訴我這不是眞的！」

「如果祁洛郢能好起來，我就吃素一天！」

「給樓上，吃素一天的祭品力量太弱了吧？爲了祁祁，我願意吃素一個月！」

當然也有路人和疑似黑粉的留言。

「R.I.P.」

「雖然不喜歡他，但是祝他一路好走。」

「今年走掉好多人啊（蠟燭）！」

這幾則留言下面都有氣憤的粉絲按了憤怒的表情。

「拜託看一下內文好嗎？祁洛郢是中毒入院，不是死亡！」

「嚴重懷疑這些留言是黑粉，幹麼詛咒祁祁？」

粉絲們第一時間高效率地組織起來，在網路上發起祈福活動，還有人丟下工作和課業，飛奔至祁洛郢所在的醫院，就爲了第一時間知道祁洛郢的消息。那陣子聚集在醫院外圍的粉絲人數多到院方得臨時架設圍欄拉出通道，以免影響救護車動線和其他患者的就醫權益。

後來薛凱鑫和主治醫生出面開了場記者會，宣布祁洛郢已經脫離險境，沒有生命危險，還用祁洛郢的名義勸粉絲回家，醫院外的粉絲們才慢慢散去。

在一片祈禱祁洛郢早日康復的發言中，仍然有幾個不和諧的聲音，一位自稱宋秉恩粉絲的人在個人社群公開貼文。

「祁洛郢這次是自作自受，前幾天還假惺惺祝福我家秉恩，誰都知道他沒安好心，果然很多人都看不過去了吧？要不是有人先出手，再這樣下去，我都想給他一點教訓了。」

這則貼文吸引了宋秉恩的粉絲按讚分享，還有人在下方留言附和。而在這則貼文被瘋狂轉傳後，祁洛郢的粉絲也來了，兩方人馬在留言處唇槍舌戰互不相讓。

最後，是警察結束了這場鬧劇。

發文者以及起鬨的宋秉恩的粉絲很快就被警方循線找到，以爲躲在網路裡匿名就可以不用負責的男男女女們都嚇得不輕，紛紛表示自己只是純粹抒發意見並無惡意，也絕對沒有涉入祁洛郢中毒的案件。

儘管如此，員警們仍不爲所動，把每一位可疑的謾罵者帶回警局，做完筆錄後才各自因不在場證明排除嫌疑，至於過激言論的部分則依情節輕重以恐嚇罪移送。

這一波大動作偵辦上了各家媒體新聞，還有人製作懶人包科普言論自由和誹謗恐嚇的差別。至此，群眾們明白就算是網路世界中的言論也需要負責，那些匿名的惡意中傷和攻訐謾罵瞬間消失了大半。

祁洛郢所在的醫院設有VIP單人病房，病房位於這棟嶄新大樓的最高樓層，有獨立電梯，進出皆有門禁管制，專爲政商名流等需要高度隱私的病患設計規畫的，可以有效過濾閒雜人士並且阻擋媒體記者。

祁洛郢待在VIP病房裡，病房用隔屏簡單區隔了內外。這裡有著寬敞的空間、明亮的採光，以及能遠眺城市街景的良好視野，房裡的裝潢色調也不是常見的慘白，而是柔和又讓人心情放鬆的淺黃搭配象牙白。

病床上的祁洛郢穿著白底淺藍色小花的單一尺寸病人服，身高腿長的他幾乎有半截腿露在外面。還好病房裡空調溫度適宜，不會感到寒冷。

除了喉嚨微微刺痛外，祁洛郢覺得自己健康得不得了，精神一恢復過來就想回家，是主治醫生和經紀人一起板著臉拒絕後，他才勉強同意在醫院多住兩天。

薛凱鑫得到祁洛郢的承諾仍不放心，特別留下阿佑，讓他負責照顧祁洛郢一切生活所需。

祁洛郢不置可否，讓阿佑想去哪就去哪，不用管他，沒想到阿佑哪也沒去，撲到病床邊，抓著祁洛郢的手語帶哽咽，「祁哥，我差點以爲再也看不到你了。」

呃，沒這麼誇張吧?現在連電視劇都不流行這麼浮誇的演技了。

祁洛郢很想感動地說兩句話安慰阿佑，沒想到話還沒說出口，阿佑眼眶就紅了，「你要是有個萬一我就失業了。」

祁洛郢一陣無言，忍住嘴角抽搐，用力抽出被阿佑握住的手，「我好得很。」

阿佑不介意祁洛郢把手抽走，臉上表情沒有絲毫鬆動，定定望著祁洛言，雙手握拳鄭重聲明，「祁哥，我以後不偷懶了，一定會照顧好你，注意你的安全。」

「不用了，你維持以前那樣就好……」祁洛郢看著阿佑認眞的表情，話說一半就說不下去，只能在心裡發愁，倘若他的助理太認眞，那他以後想偷偷自由行動就更困難了。

「我會認眞工作的！」語畢，阿佑找了張椅子搬到靠近門的地方，正襟危坐。

這架式根本就是怕他逃跑吧，他是住院還是坐牢？

薛哥是不是又跟阿佑說了什麼？

算了，反正阿佑這副樣子也不知道能維持幾天，也許過一陣子就鬆懈了。

祁洛郢自我安慰後好多了，躺在床上一邊打營養針一邊百無聊賴地滑手機。他不想看電視，因爲一打開都是他上了社會新聞的畫面。

他從沒想過自己除了娛樂新聞還可以同時出現在社會新聞裡，而且那些回顧特輯是怎麼回事？他還活得好好的，不用急著緬懷他啊！

祁洛郢突然想到孟白白，發生了這樣的事，他的忠實粉絲現在在做什麼？

祁洛郢點開社團，發現置頂貼文換成了孟白白剛發布的貼文，內容除了簡單轉述了星河娛樂公布的官方公告外，剩下就是祈福、宣導和提醒大家約束言行，不要進行無意義的攻擊、不要聚集在醫院外等等。簡直是粉絲標準應變作業手冊，連祁洛郢都覺得自己沒辦法像孟白白想得那麼周全。

祁洛郢有點自豪，也有點不好意思，孟白白不是剛和喜歡的對象交往嗎？爲了他的事八成冷落對方了吧？

祁洛郢點開好友欄，傳了一則訊息過去。

水各一方：「在做什麼？」

孟白白：「剛發完公告，還處理了工作的事，怎麼了？」

水各一方：「在醫院，無聊。」

孟白白：「生病就好好休養。」

水各一方：「我身體很好，只是太無聊了，哪裡也不能去。」

孟白白：「我陪你聊天。」

水各一方：「怎麼對我這麼好？」

孟白白：「你傳訊息不就是想聊天嗎？」

水各一方：「我以爲你不會答應，我還不習慣你這麼親切。」

孟白白：「……我一直都是這樣。」

水各一方：「是嗎？你很久沒跟我要照片了，很不尋常。」

孟白白：「沒有不尋常。」

水各一方：「保證外面都沒有的，要不要看祁洛郢住院的照片？」

孟白白：「不要。」

已經準備點開相機自拍的祁洛郢立刻僵住，不敢置信自己被拒絕了？孟白白不喜歡他了嗎？這是第一手的獨家資料，沒理由拒絕呀？

水各一方：「爲什麼？」

孟白白：「捨不得。」

簡單的三個字卻令祁洛郢鼻子一酸，他不知道該怎麼形容這時候的感覺，他的胸口彷彿有股暖流流淌而過，視線不知不覺模糊了。

祁洛郢不想引起阿佑的注意，裝作閉目養神，把手臂放在眼睛上，用袖子擦掉了從眼角流出的液體。幾次深呼吸後，祁洛郢睜開眼睛，隔著螢幕打出了他從沒和人提過的問題。

孟白白也許能回答吧？

水各一方：「你覺得祁洛郢爲什麼會被黑粉討厭？那些黑粉眞的想要他死嗎？」

孟卻白看著跳出的訊息，心裡非常難受，他無法想像問出這些話的祁洛郢是抱持著怎樣的心情，困惑？難過？沮喪？厭世？

無論是哪個，他心裡肯定都不好過。

他用顫抖的手指打字，不斷重新組織文句，打了又刪，刪了又打。他害怕祁洛郢會有什麼不好的念頭，畢竟明星因爲黑粉攻擊而輕生的例子不少。

孟白白：「我不知道祁洛郢爲什麼會被討厭，因爲我非常喜歡他，他帶給我許多力量。我想保護他，讓他不受黑粉的騷擾，我希望他好好活著，永遠都過得很好！」

祁洛郢還在咀嚼孟白白的訊息，一時沒有回應，孟白白又傳來訊息了。

孟白白：「祁洛郢如果不開心，請他一定要看看社團裡的貼文，有比黑粉多數百數千倍的粉絲都在爲他打氣。比起黑粉，祁洛郢應該多看看他們。還有，我會永遠喜歡祁洛郢，永遠！」

纏繞在祁洛郢心中多年的烏雲散去了大半，是啊，他一直注意不喜歡他的人做什麼？他爲什麼要爲了不喜歡他的人不開心？

祁洛郢又把孟白白的話讀了兩次，隱隱覺得孟白白好像在對祁洛郢喊話？難道孟白白認爲他可以傳話給祁洛郢？

水各一方：「你這是……要我轉達給祁洛郢？」

孟卻白深吸了一口氣，現在祁洛郢剛出事，不是相認的好時機，便繼續裝傻。

孟白白：「是，希望能讓他知道。」

祁洛郢暗暗點頭，孟白白果然猜到了什麼吧？他這一個多月來掌握的資訊和手上的照片，確實只有祁洛郢身邊的人才有。

水各一方：「我有那麼多祁洛郢的照片，不是他身邊的人說不過去。」

孟白白：「嗯。」

祁洛郢心想既然孟白白這麼喜歡他，他也不好意思一直隱瞞身分。

水各一方：「好吧，這個祕密只告訴你，我叫阿佑，是祁洛郢的助理。」

阿佑？那個看起來有點傻氣的青年？

孟卻白腦中浮現阿佑的臉，手一滑差點又拿不穩手機。

祁洛郢現在還有心情冒充助理，應該不用太擔心他的狀態吧？

祁洛郢等了又等，看見孟白白始終沒回訊息，期待落空，難道他不意外嗎？

水各一方：「怎麼？你不相信？」

孟卻白看著祁洛郢傳來的催促，無奈地配合演出。

孟白白：「沒有不相信，很高興認識你，阿佑。」

孟卻白送出訊息後心情很是複雜，他們的相認之路好像更遠了……

演員的職業操守七：被粉絲告白要鎖定

祁洛郢的手機在出事後就被慰問和關心的訊息塞爆，回都回不完，只好在個人專頁發了一則報平安的貼文，純文字沒有照片。因爲孟白白說過捨不得，他不想讓眞正關心他的粉絲難受，打算等狀態恢復了再上傳照片。

該貼文瞬間就累積破千人按加油和愛心，分享次數更是等比級數上升。

祁洛郢直到住院第二天才在一堆通知中看見孟卻白傳來的訊息。這是他們加完好友後，孟卻白第一次主動私訊他。

孟卻白：「能去探望你嗎？」

祁洛郢：「好啊，我太無聊了。」

祁洛郢原本以爲孟卻白會晚一點才已讀，沒想到立刻收到他的回覆。

孟卻白：「我馬上到。」

嗯？會不會太積極了？祁洛郢想起他中毒的時候孟卻白好像也很著急的樣子，看來高冷男神眞的把他當好朋友了啊？

孟卻白：「剛好在附近。」

不知道是不是想掩飾什麼，孟卻白傳來的訊息簡直欲蓋彌彰，祁洛郢看了忍不住失笑。

祁洛郢：「別說你剛好在醫院裡。」

祁洛郢的訊息才傳送成功，病房外就傳來敲門聲，阿佑馬上起身開門，門外是一張熟悉的臉，「孟卻白？」

孟卻白穿著低調，一身簡便休閒衫和牛仔褲，正低頭看著手機，敲門的手還懸在半空中定住幾秒而後緩緩放下，不知所措的眼神透漏出幾分尷尬。

他看著阿佑再看看從床上跳下來的祁洛郢，「我剛好在醫院。」

阿佑摸不著頭緒，抓了抓後腦勺，「這麼巧？」

祁洛郢站在不遠處，斜斜靠在隔屏邊，單手支起下頷，笑望著眼前精彩的一幕。他的喉嚨還有些不舒服，不能大聲說話，所以此時說起話來多了平時沒有的溫柔軟糯，「我也覺得巧。」

雖然孟卻白從祁洛郢與孟白白聊天的內容得知他大概沒事，但直到這一刻親眼目睹祁洛郢安然無恙，他總算真正放下心來，並且心中莫名感動——祁洛郢可以活著真是太好了。

「這一層樓不是門禁森嚴嗎？你怎麼上來的？」祁洛郢察覺孟卻白出現在此並不合理。

孟卻白關心則亂，一看見祁洛郢說能探病就迫不及待衝了過來，完全沒想到這點。

「我家和院長有點熟。」他只能老實說，畢竟除此之外也沒有其他更合理的解釋了。

一旁剛宣示過要認眞工作的阿佑突然啊了一聲，想起薛凱鑫交代的工作內容，「那個……薛哥說不開放探視。」

阿佑連說了兩遍，孟卻白才收回落在祁洛郢身上的視線，「打擾了，我改天再來？」

祁洛郢把孟卻白的細微表情變化盡收眼底，明明一個月前他還認爲戲外的孟卻白幾乎面無表情，可是他現在偏偏能發現孟卻白見到他時稍稍上揚的嘴角、眼裡盈潤的反光，彷彿有些感動。被阿佑下了逐客令時，孟卻白的嘴角又拉回一直線，其中還透著幾許落寞。

「進來吧。」祁洛郢心想，如果現在來的是姚可樂，他可以沒有絲毫心理負擔地把姚可樂趕走，但換成了孟卻白他就不忍心，他也不明白爲什麼。

「可是薛哥——」阿佑很爲難，看了看祁洛郢，又看了看孟卻白，他身負薛哥交代的重任，卻也不想讓祁洛郢不開心，「不然我打個電話問問薛哥？」

「不用問了，他不是來探病的，嗯……我們討論工作。」祁洛郢幫孟卻白找了個合理的藉口，還朝孟卻白眨了下眼，示意他配合。

「對，討論工作。」孟卻白點頭。

「討論工作？薛哥沒說不能討論工作……」阿佑滿臉糾結，拿著手機不知道該不該撥通電話。

祁洛郢看著阿佑的臉色就知道他動搖了，「薛哥現在一定很忙，不要爲了這點小事煩他，不然你又要被罵了。」

阿佑聽到會被罵時，下意識地瑟縮了一下，「那、那就不煩薛哥了，你們別聊太久……」

「知道了。」祁洛郢應了一聲，便朝孟卻白勾勾手指，「還不過來？」

語畢，他轉身走進內間，孟卻白連忙越過阿佑大步跟上。

「你的身體還好嗎？」孟卻白想過見到祁洛郢該說些什麼，但眞的見面了，他只想確認祁洛郢好不好。

「很好，我這樣子看起來不好嗎？」祁洛郢張開手轉了一圈。

「還是要做完整的檢查才能放心。」

「謝啦！」

「嗯？」

「謝謝你昨天抱著我跑了一段路，還用最快的速度上了救護車，薛哥說你抱著人還跑得比他快。」祁洛郢想像孟卻白跑在前面，後面跟著氣喘吁吁、身材圓潤的薛凱鑫的畫面，不自覺笑了出來，「總之，我又欠你一次了。救命之恩啊，放在古代都能以身相許了。」

以身相許嗎？

孟卻白不知道該如何接話，祁洛郢的手機就響了，他原本不大想接，懶懶地走回病床邊看了一眼來電顯示，發現螢幕上寫著「不接會出大事」這才接起，對著電話那頭喊了一聲，「媽？怎麼了？」

電話裡的中年婦女聽見這句話立刻邊哭邊罵，「你還問我怎麼回事？出這種事爲什麼不告訴我？你現在眞的跟新聞說得一樣沒事嗎？」

「我沒事，如果有事還能和妳說話嗎？」祁洛郢瞧見孟卻白還站著，就指了指靠窗的沙發，示意孟卻白可以坐那裡。

祁母大概是被兒子誆騙過太多次，多年下來精明許多，「能說話不代表好好的啊，我怎麼曉得你有沒有缺手斷腿？」

喝到毒水爲什麼會缺手斷腿？祁洛郢儘管不解，仍耐著性子安撫，「我們打視訊電話總可以了吧？我一定接。」

祁母一開始不打視訊電話是因爲祁洛郢不太愛被知道行蹤，沒先打過招呼，任何人的視訊電話他都不接。

「你要是不接我就馬上訂機票！」

「我會接，妳別再半夜三點來按我家門鈴了。」祁洛郢無奈扶額。

「我那是關心。」祁母說完就掛斷語音通話，改撥視訊電話。

祁洛郢依約接起，一名穿著樸素、外表約莫四十多歲的長髮女性出現在手機螢幕上，母子間眉眼特別相像。

「讓我看看你。」

祁母一聲令下，祁洛郢立刻把手伸長，讓自己盡可能地入鏡，方便祁母鑑定他的手腳都好好長在原本的位置。

「啊，我兒子還是那麼帥！咦？你是不是瘦了？記得多吃點，你的經紀人是不是虐待你？他光顧著自己吃東西，都不給你買飯嗎？」

「媽，我有好好吃飯，妳不用擔心，薛哥是胖了不少，但他沒虐待我。」

「嗯？你有客人？」祁母這才注意到祁洛郢身後的男子。

「哦，這是孟卻白，他過來探望我，我們最近正好一起拍電影。」祁洛郢坐到孟卻白旁邊，讓孟卻白一起入鏡。

「我知道他，現在小女生最喜歡的高冷男神嘛！」

「阿姨，妳好。」孟卻白沒想到第一次見家長會是這樣的場合，緊張到反常地扯了一個特別燦爛的笑容。

「你好你好，我有看那部什麼小清新，你演得很好。而且你笑起來很好看，應該多笑。」祁母也對孟卻白露出親切的微笑。

「謝謝阿姨。」孟卻白有禮貌地道謝。

「不用客氣，對了，我們家小郢脾氣不太好，有時候說話不太好聽，你不要和他計較。」

「媽！」祁洛郢馬上抗議，爲了避免母親繼續說，他拿著手機往另一頭走去，不讓祁母看見孟卻白。

「他對我很好。」孟卻白趁祁洛郢尚未走遠趕緊補了一句。

祁母聽見了，頗爲欣慰，「孟卻白人挺好的。」

「是挺好的。」

祁母和祁洛郢提了兩句家裡近況，讓他有空就過來聚聚，接著又把話題扯回這次的事件上，「你的工作太危險了，當初就不該留你在國內，你當時年紀那麼小，一個人工作賺錢、念書，眞不知道你爸怎麼狠得下心？」

「我現在過得很好，我很喜歡我的工作，妳和爸不用操心。」

「你爸那時候是擔心你才會說那種話，你不要生他的氣。」

「我知道，我沒生氣。」

「唉，你們父子這方面倒是一模一樣。」

祁洛郢正準備出言反駁，沒想到祁母那頭就傳來一道清楚的男性嗓音，「才不一樣。」

「喂！你別走。」祁母轉頭對著鏡頭外喊了一聲，回應她的是關門聲，顯然鏡頭外的人沒有停下腳步，祁母悻悻然地轉過頭來，「我們聊就好，別理他。」

祁洛郢沉下臉，「爸在旁邊？」

「對啊。」

「多久了？」

「一直都在，他也想看看你好不好。」祁母心虛地說著。

祁洛郢沉默片刻，「是他不想和我說話，我可沒有躲著他。」

「他以為你還在生氣嘛，今天說開了就好，我會再勸勸他，下次全家人一起吃飯吧。」

「好。」

祁母收到承諾，心滿意足地掛斷電話，當然也不忘叮囑兒子多吃飯、多休息。

祁洛郢走回窗邊的沙發，對孟卻白歉然一笑，「不好意思，讓你久等了。」

「沒關係，阿姨很關心你。」

「大概是聚少離多，所以她常常打電話給我。」祁洛郢陷入回憶，「以前我常常因為工作忙沒接到她的電話，有次連著三天都沒接到，結果她立刻訂機票，十幾個小時後突然出現在我家門外瘋狂按門鈴。那陣子我一天只能睡三、四個小時，她這一鬧，導致我那個晚上幾乎沒睡。」

「阿姨是不放心你。」

「或許吧，全家就我一個人留在國內。」

孟卻白回以一個探詢的眼神，他不確定能不能往下追問。

祁洛郢倒是一副無所謂的樣子，雖然這段往事他在媒體前總是幾句交代過去，但在孟卻白面前他倒不介意說出來，「我十五歲時全家要移民，前兩年的暑假我就被安排去國外上語言學校，當時我英文不好，又是亞洲人，常被欺負，所以對國外沒好印象，實在不想移民。我爸說不移民可以，但我得自己養活自己。」

祁洛郢自嘲地笑了笑，「十五歲還在叛逆期嘛，我和我爸賭氣，讓我爸不用管我。結果他眞的說到做到，只留了間公寓讓我住，除了學費之外沒給多餘的錢，還阻止我媽塞錢給我，想藉此逼我低頭。沒想到我挺能撐的，一眨眼撐到了現在，只可惜從那時候起我們父子關係就不好。」

「你是因爲這樣出道的？」孟卻白專注地聽著，深怕錯過任何一個字。

「嗯，當時碰巧遇到了《對月長歌》的選角導演，他正在找人演吳缺，應該是認爲我和角色的神韻有些像，就讓我去試鏡。有可以賺錢的機會我當然就答應了，結果運氣好選上了，然後就一直留在這個圈子裡了。」

十五歲的祁洛郢拚盡全力取得角色，從零基礎開始學演戲，並且慢慢在演藝圈站穩腳跟。這段過程並不容易，然而祁洛郢想著事情都過去了，不值得一提，便輕描淡寫地帶過。

「辛苦你了。」

「怎麼會？演戲很好玩，我一個人住還沒有爸媽管，同學都羨慕我。」祁洛郢說得輕鬆，像是眞的不辛苦，但怎麼可能不辛苦？小小年紀就被迫早熟，開始工作養活自己。

看著孟卻白眼神裡明顯的不相信，祁洛郢面子有些掛不住，「別這樣看我，在我成年前，我媽每年都會回國住兩個月，我沒工作時也會飛過去聚一聚，沒你想像得那麼慘。」

祁洛郢的話無法說服孟卻白，不過爲了不讓祁洛郢難堪，孟卻白還是收回心疼的目光。隨後，大概是覺得也該說說自己的事情才算公平，他緩緩開了口，「我父親在我上國中前就過世了，我媽爲了接下我爸的公司，每天忙得昏天暗地。兩個哥哥分別和我差了十歲和十二歲，他們很早就出國念書、出社會工作，經常只有我一個人待在家裡，可能是因爲沒什麼說話的對象，所以我話就比較少。」

祁洛郢心裡有些訝異，更多的是同情，也非常理解那份少年時期的孤單，原來兩人之間有不少共同點。

他們眞的可以成爲好朋友吧？電影殺青後還會聯絡的那種朋友。

祁洛郢把手搭上孟卻白的肩，拍了兩下，「沒關係，你不是還有我嗎？想聊什麼都可以。」

「好。」

隔日，祁洛郢覺得醫院眞的太無聊，堅持出院回家，在醫生確定各項檢查數據正常後，迫不及待辦了出院手續。而孟卻白前一晚陪祁洛郢聊到深夜，就在陪病床上睡下，早上醒來聽見祁洛郢能出院了，便毛遂自薦表示可以接送。

於是，祁洛郢趁阿佑還在辦手續，直接坐上孟卻白的車，接著傳訊息給助理，稱讚阿佑工作認眞，讓他放假一天以資鼓勵。

這次孟卻白親自開了一輛白色跑車，引擎蓋上的黑馬盾形logo特別惹眼。

「這台車貴嗎？」祁洛郢對車子研究不深，隨口發問。

「基本款，不算貴。」

「是嗎？」

「這是我媽送的生日禮物，我選了型錄上最便宜的。」孟卻白有些擔心地看了一眼祁洛郢，謹愼地開口：「你會因爲這樣不想跟我來往嗎？」

祁洛郢看著孟卻白小心翼翼的樣子，不禁啞然失笑，「爲什麼？仇富嗎？我又不是沒錢。」

對他來說交朋友合得來才是最重要的，雖然他滿討厭財大氣粗的人，但孟卻白不是那種人，他像個教養良好的貴公子，有時又靦腆笨拙得可愛。

「那就好。」孟郤白放下一顆懸著的心，他不希望祁洛郢和他保持距離，他想讓祁洛郢慢慢接受他，包括他的性向、他的性格、他的家庭，以及所有他的一切。

車子安穩地駛離醫院，並在二十分鐘後停在祁洛郢家的地下室停車場。

祁洛郢買房時配了兩個車位，其中一格車位停放一台他幾年前買的法拉利，不過他實在太忙，一放假只想在家休息，導致那台車一年開不到五次。

孟郤白的白色跑車停在法拉利旁邊，他還記得這個位置，之前送祁洛郢回家，他就是把車停在這裡。

「你要上來坐坐嗎？」

「可以嗎？」

「我還欠你一頓飯，有空的話就今天還了吧。」祁洛郢心想，反正劇組通知接下來兩天放假，等他確定恢復健康才復工。

「好。」

「冰箱裡有什麼就煮什麼，不保證合你胃口。」

「好。」

「我說什麼你都說好？」

孟郤白微微偏過頭，嘴角往上揚起一個明顯的弧度，「好……」

剛剛祁洛郢在孟卻白車上時接到姚可樂的電話，隨口說了今天出院，結果一個小時後姚可樂就拖著五箱人參精出現在祁洛郢家門外。這次他雖然按了門鈴，但嘴上仍沒閒著，「開門開門！芝麻開門！不開門是金屋藏嬌嗎？不用藏啦，我們這麼熟了，我一定幫你保密！」

「你……」姚可樂就是隨口說說，沒想到開門的人竟然是孟卻白，他瞪大眼睛愣了好久，嘴張半天只說出一個字。

孟卻白等了快五分鐘，才淡淡地說：「不進來就關門了。」

「等一下，哎喲，你差點夾到我了。」姚可樂見孟卻白作勢關門，連忙擠進半邊身體，順帶誇張地慘叫兩聲。

在廚房的祁洛郢聽不下去，穿著圍裙走出來，笑罵道：「別理他，夾死算了，搞綜藝的就是浮誇。」

「喂喂！你怎麼對探病的人說這種話啊？虧我那麼擔心你，特別買了五箱人參精給你補身體。」姚可樂拉著手推車，把五箱人參精放在玄關櫃旁，看見祁洛郢確實安好無事，懸了幾天的心才總算放下。

「你想灌死我嗎？」祁洛郢看見那五箱人參精，儘管明白姚可樂是好意，仍不免懷疑好友存了捉弄他的心。

「好朋友間客氣什麼？電視臺都把你的緬懷特輯做好了，灌死就能派上用場。」

「原來你是電視臺派來的？」

「你這話我還眞沒辦法反駁，誰叫你這幾天是全國焦點？沒買任何廣告曝光率卻高到嚇人。電視臺長官知道我和你關係好，希望我能找你上節目，製作人也說這樣肯定能拉抬收視率。」

祁洛郢白了姚可樂一眼，這種免費廣告他完全不想再經歷一次，「沒空，這種事你讓他們問薛哥。」

「還不就是因爲薛哥沒答應嘛！」

「那我也不能答應，你忘了公司規定不能私接工作嗎？」祁洛郢說完就往廚房走，走兩步停下，對著剛把門關上還站在門邊的孟卻白說：「卻白快進來，等一下就能吃了。」

姚可樂一聽，立刻不滿地跳腳，「喂！等一下，爲什麼只對他說？我的呢？有我的份吧？」

祁洛郢故意露出神祕的微笑，看了姚可樂一眼，一句話也沒說就走回廚房。

孟卻白在旁邊靜靜看著祁洛郢和姚可樂的互動，發現兩人極有默契，自己一句話都插不上，心情有些鬱悶。直到聽見祁洛郢沒把自己忘了，他心裡才好過了點，連忙越過姚可樂跟上祁洛郢。

摸不著頭緒的姚可樂因此更急了，瞪著眼睛趕緊跟過去，「等等我！」

祁洛郢的廚藝儘管比不上專業廚師，但畢竟他從十五歲起就獨立生活，再怎麼不情願也得學著煮東西把自己餵飽，練習次數多了之後，廚藝就慢慢累積下來了。只是這幾年工作忙碌，加上外送太方便，他便漸漸不太下廚了。

他今天完全是心血來潮，想著還欠孟卻白一頓飯，且冰箱裡的菜再不處理就得扔掉，簡直天時地利人和。

姚可樂從玄關一進來就聞到香味，立刻湊到祁洛郢身邊，「好香，你煮了什麼？」

「海鮮什錦麵、唐揚雞、胡麻波菜捲，隨便吃吃。」祁洛郢抬頭瞄了姚可樂一眼，「你問這個幹麼？人參精送到就可以走了吧？」

姚可樂瞥見湯鍋裡的麵和流理檯上裹了粉的雞塊，覺得這絕對不是兩個人的份量，「你煮這麼多不可能是兩個人吃吧？」

祁洛郢還記著醫囑，這幾天飲食都很清淡，自己打算吃白粥。

他知道姚可樂要來，所以一開始就準備了兩人份的食材，不過他和姚可樂之間的友情不來你儂我儂那套，遂涼涼地回道：「不是煮給你吃的，是有多的才給你。」

身為好友，就是能從各種違心之論裡聽出其中真正的意思，聞言，姚可樂頓時心領神會，「就知道你對我最好了。」

姚可樂原本打算撲上去親祁洛郢，按以往的經驗，祁洛郢會在他還沒親到時就把他推開，但這次他才剛邁出一步就停住了。他發誓他說完這句話時感覺到背後一陣寒意！多次帶他逢凶化吉的神奇第六感讓他暫停動作，回頭一看，身後只有一個面無表情的孟卻白……難道是他太敏感了嗎？

「我快煮好了，你們都去外面坐著。」祁洛郢嫌姚可樂在廚房裡礙事，順道也把孟卻白趕去客廳，「你們是第一次見面吧？可以聊聊天、互相認識一下。」

於是，兩人乖乖坐到了客廳沙發上。姚可樂不確定是不是自己多心，孟卻白好像故意等他先坐下，然後才坐在離他有段距離的位子。

姚可樂非常好奇祁洛郢怎麼和孟卻白走到一塊的，他知道他們倆一起拍電影，可是以前那些和祁洛郢一起拍過戲的演員，也沒哪個拍著拍著就登堂入室，而且還讓祁洛郢親自下廚？

太不可思議了！

姚可樂清了清喉嚨主動開口，「小孟？不介意我這樣叫吧？既然都是洛郢的朋友，我們聊聊吧？」

「好。」滑著手機的孟卻白輕輕點了下頭。

姚可樂笑容可掬，暗忖目前應該算是不錯的開場，卻沒想到他即將迎來綜藝人生裡前所未有的艱難挑戰，短短幾分鐘內他無數次懷疑自己或許不適合當主持人……

「這次拍電影順利嗎？」姚可樂熱情地提問。

「還可以。」孟卻白淡淡回了三個字。

「電影裡你們演情侶對吧？」

「嗯。」

「這是部同志片啊，挺有話題性的，弄不好還會被貼標籤，你的公司或是家人沒反對嗎？」

「沒有。」

「你們應該拍完吻戲了吧？祁洛郢的吻技好嗎？」

姚可樂這個問題讓態度一直不冷不熱的孟卻白皺起眉，「問這個幹麼？」

「沒什麼，只是好奇。」姚可樂和祁洛郢瞎扯慣了，沒特別注意什麼問題不該問，看見孟卻白目光冷冽，趕緊換了個話題，「你們兩個個性差滿多的，是怎麼變成朋友的？」

「不知道。」

「你要不要帶一箱人參精回去？」

「不要。」

「你是不是覺得我很吵？」

「是。」

「那、那我不吵你了。」姚可樂詞窮了，他發誓以後絕對不要邀請孟卻白上他的節目！

祁洛郢到底都如何和孟卻白聊天的？

姚可樂藏不住心思，臉上表情豐富，而孟卻白只是低頭靜靜地滑著手機，看都不看他一眼。

廚房裡的抽油煙機被關掉，祁洛郢脫下圍裙，把兩碗麵、兩盤菜和一碗粥擺上桌，「煮好了，快過來吃吧。」

「太好了！」祁洛郢這話宛如天籟，姚可樂像被解救了似的，他現在才發現原來聊天可以這麼累。

高冷男神果然名不虛傳。

飯廳中，姚可樂坐在祁洛郢旁邊，孟卻白坐在祁洛郢對面。

姚可樂快速地吃完半碗麵，露出慣常出現在美食節目裡的誇張表情，「很好吃耶，湯濃味鮮，麵條吸附湯汁爽滑入口，太感動了！」

祁洛郢瞥了姚可樂一眼，嘴角上揚，輕輕罵了句，「浮誇。」

孟卻白把祁洛郢的反應看在眼裡，也跟著附和，「好吃。」

祁洛郢對孟卻白笑了笑，「那就多吃點，廚房裡還有。」

姚可樂馬上抗議，「你是不是差別待遇？你對他比較好對不對？有了新歡就忘了舊愛了？」

「舊愛？你？我眼光有這麼差嗎？」祁洛郢立刻向姚可樂投以不屑的目光。

「怎麼不是舊愛？我們還一起睡過啊！」姚可樂這話說得理直氣壯，完全沒半點心虛。

祁洛郢正想回話，就聽見匡啷一聲，原來是孟卻白的筷子掉了。

孟卻白說了句抱歉，彎腰去撿筷子。

「掉了就別再用了，我去幫你換一雙。」祁洛郢起身走進廚房拿了雙乾淨的筷子，當然也再次懷疑孟卻白的手是不是有問題，怎麼老是手滑？

等祁洛郢再次入坐，他們又換了個新的話題，姚可樂不滿地抱怨，「認識你七、八年了，你怎麼都沒煮東西給我吃過？」

「我又沒說要請你吃飯。」

「那你為什麼要請他吃飯？你們是什麼關係？」

「朋友啊，這你都看不出來？他幫了我，我請他吃飯很合理吧！」

「是嗎？」姚可樂總覺得哪裡怪怪的。

「是好朋友。」孟卻白補充。

祁洛郢笑著點頭，「哦，對，我們是好朋友。」

姚可樂朝祁洛郢眨眼，「那我們呢？」

「普通朋友吧？沒什麼交情的那種。」祁洛郢故意嫌棄地說著。

姚可樂擠出一個傷心欲絕的表情，抬手擦掉不存在的眼淚，然後埋頭把剩下的半碗麵吃完。

這一頓飯三人有說有笑，雖然大多是祁洛郢和姚可樂在拌嘴，但孟卻白偶爾也會附和祁洛郢兩句，不似單獨面對姚可樂時那般高冷。

飯後，孟卻白自告奮勇去洗碗，餘下兩人便在客廳沙發上坐著。祁洛郢頗有深意地看著姚可樂，結果這位偶像主持人完全沒半點自覺，舒服地揉著自己圓鼓的肚子，「你下次下廚記得叫我。」

「你不去洗碗嗎？」

「下次洗，反正這次已經有人洗了。」姚可樂放輕音量，就怕孟卻白聽見。

「怎麼？心虛？」

「我有話問你。」姚可樂看了一眼廚房，確定孟卻白沒注意這裡，才湊近祁洛郢問：「你和孟卻白怎麼這麼熟？」

「還好吧？」

「都帶到家裡了只是還好？」

「你不也在我家，我們可是清白的。」

「他對你特別好，連看你的眼神都不一樣……」

「有嗎？你看我的眼神也不一樣。」

「哪裡不一樣？」

「特別欠揍。」

「喂！」

下午姚可樂還要進棚錄製節目，吃完午飯後沒待多久就匆匆道別。

姚可樂剛走一下子，孟卻白還在收拾廚房，祁洛郢的手機驀地響了，祁洛郢一看見何導的名字便接起來，「何導好。」

「小祁，身體還好嗎？」

「何導不用擔心，我明天就能進組。」

「你有這份心就夠了，多休息兩天沒關係，出了這種事我很抱歉。」

「不是何導的錯。」

「我也算督導不力吧，再怎麼說都是在我的組裡出事。」

「別介意，我沒關係。」祁洛郢頓了頓，知道何導肯定還有話說，索性開門見山地問了，「何導有什麼工作的事要討論嗎？」

「被你發現了。」何平爲了掩飾尷尬，呵呵笑了兩聲，「先確定你身體沒問題才聊工作，如果你不舒服就先休息，晚幾天談也可以。」

「我很好，您請說。」

「下週那場床戲我想多拍些親密的鏡頭。」

「沒問題啊。」祁洛郢心想，他和孟卻白漸漸熟了，應該不會太尷尬。

「劇組停下來的這三天，我找了很多資料，也和投資方開了場會，他們對目前粗剪的畫面還算滿意，只是參考網路上原作粉絲的意見，希望能完整還原這場床戲。我和沈編劇討論過，這場戲是兩人情感的重要高潮，一定得讓觀眾感受到那份炙熱的愛意。」

「何導，您就直說吧。」

「這場戲的裸露尺度恐怕得再大一點。」

「不是說露上半身嗎？」

「可能需要多加背面全裸的畫面……小祁，我保證會好好拍，煽情不色情，唯美不下流。」

祁洛郢出道十年來還真的沒露過屁股，他開始懷疑自己是不是誤上了賊船？

大概是祁洛郢沉默的時間太長，何平有點不好意思，「我問過小薛，他說尊重你的意思，會再和你討論。我只是想先和你談談，讓你提早考慮。」

薛凱鑫是因爲這幾天忙瘋了才這麼回答嗎？還是怕他休息時間太閒？

何導親自打來他不能不接，更不能直接拒絕。

祁洛郢閉上眼深呼吸，「我再想想。」

「那好，你再想想，多休息，注意身體。」

「好。」

祁洛郢掛掉電話，發現孟卻白已經整理完廚房，站在不遠處注視著他。

他晃了晃手機，主動解釋，「何導打來的。」

「怎麼了？不開心？」孟卻白察覺到祁洛郢講完電話後有些懨懨的。

「不是什麼大事，演員嘛，工作就是爲劇情服務、滿足觀眾的期待。」

「何導說了什麼？」

祁洛郢不想回答，反問孟卻白，「你喜歡演戲嗎？」

孟卻白認真思考，「有時候喜歡，有時候不喜歡。」

「什麼時候不喜歡？」

「要說很多話的時候。」

這回答立刻逗得祁洛郢捧腹大笑，把孟卻白笑得耳根發紅，但孟卻白喜歡看祁洛郢笑，儘管被笑得不好意思，他還是無法不看著自己朝思暮想的暗戀對象。

祁洛郢好不容易止住笑，道了聲抱歉後繼續問：「什麼時候喜歡呢？」

「我喜歡一位演員，演戲可以離他近一點。」

「爲了他養貓的那位？」祁洛郢想起來了，孟卻白好像是哪個明星的粉絲？

孟卻白點頭，「嗯。」

這是瘋狂粉絲才會做的事吧？

孟卻白看起來冷靜理智，不像會喜歡偶像的樣子，結果居然是某演員的死忠鐵粉？

祁洛郢忍不住拍了孟卻白的肩膀，「你這是追星吧？」

這個瞬間，孟卻白從祁洛郢的眼裡看見自己，霎時心跳快了不只一拍，心中的情感無法再隱藏。

於是，他的視線不躲不避，直直望著近在咫尺的祁洛郢，「我是追你。」

祁洛郢愣了一下，在孟卻白太過認真的眼神下慢慢斂容，接著又扯了扯唇角，綻出一個輕佻不羈的微笑，「你在開玩笑吧？沒關係，朋友間開開玩笑無傷大雅。」

孟卻白手掌都是汗水，活了二十三年第一次告白，他不想讓這場告白變成一個玩笑，而且他直覺如果不趁這個時候說清楚，未來他不一定有勇氣再說一次。

「我喜歡你。」

如果剛剛那句還有讓人誤會的餘地，這句話就是斷絕所有模糊空間。

祁洛郢錯愕地收回放在孟卻白肩上的手，腦中一片空白。

他被告白了？

孟卻白喜歡他？

孟卻白怎麼可能喜歡他？

不對，他這時候是不是該說點什麼？

明明他面對娛樂記者時，任何刁鑽的問題都可以輕鬆應付，怎麼在這種時候反而想不出半句話？

「我……」

祁洛郢不是不喜歡孟卻白，但絕對不是想談戀愛的那種喜歡，他對於要在床上抱一個男人沒有興趣。

先前拍戲時的心跳加速絕對只是入戲太深。

他是專業演員，他才不會假戲眞做、弄假成眞！

不對，說到演戲，他想起一件事，他們過幾天要演床戲對吧？

還是尺度很大的那種……他現在反悔還來得及嗎？

祁洛郢還張著嘴愣神時，孟卻白的吻就落了下來。

未完待續

番外

社團管理員孟白白的追星點滴

「誤入祁途」是當紅男演員祁洛郢眾多後援會裡人數最多、規模最大的一個。

祁洛郢的公開活動一定有誤入祁途的成員到場支持，他們總會製作各種應援小物、海報，發起許多貼心的應援企畫。由於其組織能力強大、資源豐富，且極具號召力，在粉絲圈裡近乎典範。

孟白白是誤入祁途的社團管理員之一，也是粉絲們公認的元老級粉絲，傳聞他出錢出力一手創立這個後援會，喜歡祁洛郢的時間和瘋狂程度更是遠超過大部分的粉絲。

近五年來祁洛郢頻繁出現在大小螢幕上，聲勢如日中天，誤入祁途裡大半的粉絲多是在這段期間加入的，只有少部分是從《對月長歌》播出時就開始支持他的。

不過，孟白白喜歡祁洛郢的時間點在更早之前。

有人翻了孟白白的公開貼文，發現他在十年前後援會尚未成立時曾經探班《對月長歌》的拍攝，回來後寫了篇文章，誇祁洛郢待人有禮、願意吃苦耐勞、未來大有可期等等。當時沒引起任何注意，貼文下只有一個路人留言問他祁洛郢是誰。

直到《對月長歌》收視率越來越好，祁洛郢飾演的吳缺一角個性討喜且表現亮眼，他才被觀眾注意到，當時還引起一波討論，不少人都在問這個年輕的面孔是誰？

數家經紀公司都在此時向祁洛郢拋出橄欖枝，在薛凱鑫的積極邀約下，祁洛郢簽入星河娛樂，開始進行正規的演員培訓，公司也爲他規畫演藝工作。

隔年祁洛郢參演的第二部電視劇《霜華》播出，更多人留意到這名少年演員。隨著祁洛郢逐漸走紅，後援會才慢慢籌組起來。

除此之外，孟白白還能背出祁洛郢歷年每一部作品的角色，甚至連角色的臺詞都如數家珍，只要是和祁洛郢有關的問題都難不倒他，他答不出來的問題也沒人能回答——比如祁洛郢喜歡誰？

孟白白算得上誤入祁途裡的傳奇人物，社團精華區裡有他整理歸納和祁洛郢有關的大小事，他發表的文章是社團成員們必讀的好文。

在初期後援會只有一位管理員時，他更是幾乎每天都掛在線上，社團裡有什麼紛爭他總在第一時間公正處理，久而久之，成員們對他信任度倍增。而且他能客觀分析祁洛郢需要粉絲們什麼樣的支持，也會在每一次緋聞和醜聞爆發時安撫成員們的心。

祁洛郢的粉絲大多都曾聽聞孟白白這號人物，但沒人清楚他的來歷，眾人只知道他的家境不錯，畢竟他有辦法收集歷年全套的祁洛郢周邊。

孟白白的社群帳號從不貼自己的照片，儘管每次祁洛郢的公開活動他幾乎都有參加，他也從不和同好們相認，所以沒人知道孟白白的長相，更不可能發現孟白白和後來的高冷男神孟卻白是同一個人。

✦

孟卻白從國中開始爲祁洛郢組織後援會後，每天都花不少時間在網路上，整天拿著手機，母親還以爲他在打遊戲，他對此並不辯解。

後來是因爲孟卻白說要幫家人都加入星河娛樂的VIP會員，孟母才發現小兒子在追星。

孟母起初不以爲意，欣然應允。她認爲青少年有喜歡的偶像明星很正常，不是什麼不良嗜好，而且追星的花費以當時孟卻白的零用錢絕對足以支應。

實際上，孟卻白從不覺得自己在追星，他只是注意著那位曾經幫助過他的同校學長，看著那個人心情就會變好。

漸漸的，關心祁洛郢的消息變成他的生活重心，他每天都要上網看祁洛郢有沒有發布新貼文、上節目、接受訪問？是否拍攝新的戲劇、電影或是雜誌？還是代言新產品？

直到青春期孟卻白發現自己夢裡的性幻想對象是祁洛郢，才後知後覺地意識到他對祁洛郢的喜歡，不是學長學弟或者朋友間的喜歡，他想和這個人交往、做所有情侶間會做的事，甚至結婚、長相廝守。

孟卻白同時也發現自己的性向和大多數人不一樣，他對此有過迷惘，也曾懷疑自己是不是瑕疵品，最後是祁洛郢受訪時的一段話鼓勵了他。

某個節目收集了粉絲們的信，其中一封是陷入低潮的粉絲寫的，剛滿十七歲的祁洛郢在主持人念完信後是這麼回覆的：「每個人都是獨一無二的，每個人都值得被愛。我也不完美，但這有什麼關係？如果沒有人喜歡你，還有我，我會用更多的努力和作品陪著大家。」

當時，孟卻白被觸動了，明明是很尋常的話，卻讓他淚流不止。

這是他喜歡的人，多麼好的一個人，喜歡他有什麼錯呢？

孟卻白從此不再迷惘。

他盡全力讓自己變得更好，他希望能以最完美的狀態出現在祁洛郢面前，給祁洛郢一個好印象，但願祁洛郢也能喜歡他。

除了維持學業成績不墜、管理後援會外，孟卻白養成了運動的習慣、學習表演知識和技巧、注意打理外表。即便他知道祁洛郢喜歡同性的機率渺茫，他也想試試看，畢竟他早已無可救藥地喜歡著祁洛郢，無法回頭了。

爲了減少阻礙，他連向家人出櫃都先完成了。

那時候孟卻白剛升上高中，他鼓起勇氣，冷靜地告訴母親自己是同性戀。

母親有些訝異，在片刻的沉默後抱住了他，「我很抱歉沒辦法時時刻刻陪著你長大，可是我依然希望你可以得到幸福、做想做的事情，和喜歡的人在一起，不管你喜歡的人是同性還是異性。」

孟卻白的母親在丈夫過世後不得不把重心放在雲揚集團上，每天早出晚歸，經常好幾天都沒空好好看看年幼的兒子。

孟卻白沒想到母親就這樣接受了，原本打好的腹稿都沒用上，向來情感內斂、不善表達的他垂下目光，掩飾自己濕潤的眼眶，低聲說了句「謝謝」，接著也給母親一個擁抱。

孟卻白之所以能義無反顧地追求祁洛郢，家人的支持是重要的因素。

他的兩位哥哥得知弟弟的性向後沒什麼太大的反應，雖然年紀差距大，但兄弟間的感情還是不錯的，他們很寵孟卻白這個弟弟。

二哥孟仲揚大孟卻白十歲，畢業後回國在科技公司任職，思維跳脫，一聽弟弟出櫃立刻來了興致，「我在你這個年紀已經交過三個女朋友了。快說說你喜歡誰？追到了沒？需不需要幫忙？」

「不用。」孟卻白想也沒想就拒絕了。

「你夠了，不要帶壞白白，他還沒成年，現在談戀愛太早了。」一旁的孟仲雲瞪了一眼大弟。

孟仲雲今年二十八歲，個性沉著穩重，跳級畢業後就跟在母親身邊學習，是雲揚集團公認的接班人。他才剛罵完孟仲揚，轉頭就老成持重地對孟卻白說：「之後帶回家裡我們先幫你看看，免得你被騙了。」

孟卻白再次拒絕哥哥們的好意，「他不認識我。」

這句話的涵義就是他目前是自作多情一廂情願，簡稱單戀、暗戀，說起來挺丟臉的，但爲了阻止哥哥們的行動，孟卻白只好坦白。

「什麼？你還沒告白嗎？我們家白白條件這麼好，他敢不答應？他要是不答應，我就——」孟仲揚的話越說越歪，簡直和惡霸強搶民男差不多。

「孟仲揚，你別亂教。」孟仲雲不忍直視，出聲制止，接著他溫言問孟卻白，「告訴我們，你喜歡誰？」

「我不想說。」

「難道是上次來家裡那個陳總的兒子？白白和他好像很有話聊。」孟仲揚開始瞎猜。

「我只是告訴他廁所怎麼走。」這就叫很有話聊？孟卻白壓下翻白眼的衝動。

「還是你班上的同學？這樣範圍能縮小到二十個，逐一排查應該很快會有結果。」孟仲雲一本正經地說著，目光和孟仲揚交會時露出心照不宣的促狹笑意，愛護弟弟和開玩笑並不衝突。

「不要騷擾我同學。」孟卻白瞪了一眼大哥，他還想在班上低調做人好嗎？

孟卻白原本不想說，但是被兩位熱心的哥哥煩得受不了，最後還是說出口了，「是祁洛郢。」

「哦？我知道，演戲的那個。」孟仲揚恍然大悟，「難怪你房間裡都是他的海報。」

「你這是追星，不是談戀愛吧？」孟仲雲手指放在下巴上，眉頭微蹙，懷疑弟弟是不是青春期情竇初開，把對偶像的崇拜和戀愛搞混了。

「我喜歡他，不解釋。」

好吧，不解釋就不解釋，孟仲雲和孟仲揚面面相覷，他們知道孟卻白雖然總是寡言又冷冷淡淡的，但特別死心眼，下了決定就甚少更改，旁人怎麼勸都沒用。

自此，孟家就把祁洛郢當作孟卻白的交往對象看待，儘管祁洛郢一次也沒來過孟家，孟家人卻對祁洛郢無比熟悉。

比如說他們一家人難得聚在一起吃飯時，總有人忍不住提一提。

「白白，你還喜歡祁洛郢嗎？你告白了嗎？」

「二哥，別問了。」

「不能怪白白，祁洛郢真的很難約，我讓祕書約了好幾次吃飯，都被拒絕了。」

「大哥，你不要騷擾他。」

「我有看他最新的那部電視劇，滿好看的，他的演技又進步了，演得很好。這幾年越長越帥了，聽說他個性也不錯，就是緋聞有點多。」孟母已經是以一種看兒媳婦的心態了。

「媽，夠了。」

孟卻白的母親和兩位哥哥幽幽嘆了口氣，他們到底什麼時候才能看到孟卻白帶祁洛郢回家呢？

孟家人眞心替孟卻白感到著急，無奈孟卻白始終不讓他們插手。

因爲孟卻白喜歡祁洛郢的緣故，孟仲雲、孟仲揚自然都對祁洛郢留了心，本來影視圈就經常往商界找投資，他們但凡遇上祁洛郢參演的戲劇就會投資一筆，當作贊助弟弟未來的男朋友。

這些資金有的有去無回，有的回收不少，其他人看了紛紛跟進。於是就有了祁洛郢背後有固定金主的傳言，然而祁洛郢的緋聞特別多，幾乎每演一部戲就傳一次緋聞，如果他眞的被包養能這樣操作嗎？

圈外人看不懂，圈內人也是霧裡看花，反正大家只知道找祁洛郢當主演就不怕找不到投資，加上祁洛郢在工作上一向很努力敬業，作品品質有保障，後援會凝聚力也強，有基本收視和票房保證。

祁洛郢的演員之路漸漸地越走越順，而忌妒的、眼紅的、看不慣他的人也越來越多。

由於孟卻白一直注視著祁洛郢，慢慢地對表演也產生了興趣，他想演繹多采多姿的不同人生，若是能和祁洛郢一起演出，出現在同一幕裡就更好了。

他最終選擇成為一名演員，表演系畢業後在家人支持下進入演藝圈，挾著雲揚集團的人脈和資源優勢，拍了第一部電影《妳和我的小清新》。

高規格的製作團隊確保電影品質，孟卻白在專業老師的特別指導以及高標準的自我要求下，綻放出令人眼睛為之一亮的演技。

電影上映時，在龐大的行銷運作下，這部電影叫好又叫座，之後他更成功入圍並拿下當年的金影獎最佳新人。

這段經歷看起來順利得不太公平，但每個人從誕生的那一刻就不是公平的，至少他堅持底線，沒有介入評審評選。在入圍和得獎名單公布前，他確實不曉得結果。

所以當金影獎入圍名單公布時，孟卻白很開心，他為了成為一個演員所付出的努力被肯定了，更開心的是他知道祁洛郢入圍最佳男演員。按以往經驗來看，祁洛郢有很高的機率會出席頒獎典禮。

他原本以為兩人會在金影獎上碰面，或許是紅毯上巧遇，也可能是嘉賓席上擦肩而過，抑或是會後慶功宴上見面，屆時他能應答得體，讓祁洛郢對自己留下一些好感。

然而孟卻白完全沒想過會是在廁所，怎麼想這都不是一個很好的邂逅地點。

當時祁洛郢看起來心情不太好，孟卻白想好好鼓勵他，但是效果甚微。望著祁洛郢離開的背影，他非常扼腕。

他終究沒好好把握住這次單獨的會面。

✦

隨著孟卻白最佳新人獎入袋，各種邀約紛至沓來，大多數都由萍姐幫忙推掉了。

孟卻白的演藝工作安排得很寬鬆，一來這不是他的主要收入來源，二來是他在等待和祁洛郢共演的機會，只要是祁洛郢參演的戲劇都可以，就算是小配角也沒關係。同時，他也讓人留意適合他和祁洛郢一起擔任主角的劇本。

孟卻白持續擔任誤入祁途的管理員，雖然後續新增兩名管理員協助，但他仍盡可能撥出時間處理社團的事務，每一則貼文他都親自看過，每天審核申請加入的新成員。

那晚，他看見水各一方這個連照片都沒有的帳號時，只當是黑粉創的免洗帳號，企圖混進社團搗亂，他第一時間拒絕了對方的申請。結果水各一方鍥而不捨，再度送出申請，這次他三個問題都答對了，孟卻白沒理由拒絕，只好先同意讓他入社。

沒想到水各一方剛加入社團就發了那則貼文，實在不像粉絲。

不是粉絲爲什麼要加入後援會？

不過從他與水各一方私訊裡的對話看來，那人也不像之前的黑粉對祁洛郢充滿惡意，甚至還有祁洛郢未公開過的私人照片。

孟卻白便開始對水各一方特別在意，對他的訊息也算是有問有答，多次對話後，兩人竟然變成了朋友般的關係。

孟卻白曾經猜測水各一方是祁洛郢身邊的工作人員，卻沒料到他居然是祁洛郢本人。

在知曉眞相的那一瞬間，他慌亂得不知道該如何是好，腦海裡紊亂地回想孟白白都給水各一方留下些什麼印象？貿然揭露自己的身分會不會影響他們在工作上好不容易建立起來的友誼？

他知道自己總有一天得說出眞相，但越是在意對方，就越難以開口。

他其實不想一直瞞著祁洛郢，他在等一個時機，等孟卻白和祁洛郢的交情夠深厚，等孟白白的形象好一點。

他總是這樣，做好萬全準備才行動。

因此孟卻白依然繼續擔任誤入祁途的社團管理員，日復一日，就和喜歡祁洛郢一樣，這對他來說早已成了習慣。或許情況會一直這麼持續下去，直到哪天他們的關係親近到需要避嫌的時候，他才會辭掉這份工作吧？

他期待那一天的到來。

後記
聽說後記比正文還難寫

大家好，這裡是林落。

隔了一段時間總算有新作品和大家見面了，很開心這次能在POPO戀小說書系中占個編號，這樣我在兩個書系都出版書籍的成就就解了。

最初到POPO寫作時，我寫的就是一部娛樂圈重生耽美文《璀璨星光》，這個故事連載了很久，很感謝當時追連載的讀者們，謝謝他們陪我走過那段時光。

寫完《璀璨星光》後，我以爲短時間內自己不會再寫娛樂圈題材了，結果兩年多過去，我又寫了這個主題。

但兩年多不算短，所以好像也沒錯？

如果同一個題材可以挖掘出不一樣的東西，那我就會有想創作的動力。

隨著時空環境改變，科技日新月異、社會更開放，很多東西和以前不一樣了，比如說這個故事更偏重在網路、社群的互動，對多元性向也有更多的包容。

這次的創作靈感來自於日常生活，雖然我追的劇不多，不過還滿喜歡看幕後花絮，經常劇還沒追完，花絮倒是先看完了。我對於拍攝現場、戲劇製作過程和演員互動充滿好奇，今後大概也會繼續好奇下去，希望未來可以看到更多有趣的戲劇作品。

《演員的職業操守》沒有在黑暗面著墨太多，而是把重心放在兩位主角互動時有趣的部分，隨著劇情推進，角色的心情和反應也會有所不同，整體算是個輕鬆的故事。

曾經看過一位男星受訪時被問到會不會上網搜尋自己，男星很坦然地承認，「會啊，大家不是都會嗎？」

但網路評論通常不只好評，或多或少都有負評，畢竟沒有人可以取悅每一個人。沒有人被罵、被討厭可以完全無動於衷，故事中的祁洛郢也是。然而偏偏他的職業必須盡可能讓更多人喜歡他，所以他不能像一般人一樣隨意表達自己內心眞實的情緒。即便多年下來祁洛郢已經習以爲常，對他而言，這種事卻怎麼都無法釋然。

人在惡評和奚落的攻擊下很容易變得不自信。祁洛郢沒有意識到，他親近孟白白的行爲其實是一種自我治療，或許會被說是在討拍，但渴求正面肯定並不是一件壞事。

另外，來說說兩人的廚藝，祁洛郢小時候就會做簡單料理，十五歲獨自生活後廚藝精進不少。青少年時期不太忌口，成年後因職業需求才改變飲食習慣，雖然沒有提到，若是需要拍攝下廚的畫面，他基本不用替身。

而孟郤白由於家庭背景的關係，廚藝基本爲零，也幾乎沒有一樣家事是拿手的。他從小就不需要會這些技能，也沒想過要學習，直到那次在祁洛郢家吃飯後受到刺激，回家後便從煎蛋學起。

一開始他端出的大多是地獄料理，後來慢慢進步到能準備早餐了，未來如果需要，他不排斥學得更多。

順帶一提，祁洛郢家的廚房是有洗碗機的，孟卻白第一次來找不到，先前也沒用過，所以選擇了手洗。至於祁洛郢，他來自中產階級家庭，生活習慣比較樸實，加上經常自己一個人吃飯，餐具不多的情況下他都是直接手洗——by糾結住豪宅還要用手洗碗的作者。

最後，謝謝陪伴這個故事誕生的責編和總編，也謝謝每一位幕後小精靈和買了這本書的大家。

對了，你們要的車車在下冊，我們下冊見。

林落

國家圖書館出版品預行編目資料

演員的職業操守 / 林落著. -- 初版. -- 臺北市 : 城邦原創股份有限公司出版 : 英屬蓋曼群島商家庭傳媒股份有限公司城邦分公司發行, 2021.11
冊 ; 公分. --

ISBN 978-626-95177-1-8（上冊：平裝）

863.57　　110017188

演員的職業操守（上）

作　　者／林落
企畫選書／楊馥蔓
責任編輯／楊馥蔓、林辰柔

行銷業務／林政杰
總 編 輯／楊馥蔓
總 經 理／伍文翠
發 行 人／何飛鵬
法律顧問／元禾法律事務所　王子文律師
出　　版／城邦原創股份有限公司
台北市中山區民生東路二段 141 號 6 樓
電話：(02) 2509-5506　傳真：(02) 2500-1933
E-mail：service@popo.tw
發　　行／英屬蓋曼群島商家庭傳媒股份有限公司城邦分公司
聯絡地址：台北市中山區民生東路二段 141 號 11 樓
書虫客服服務專線：(02) 25007718・(02) 25007719
24小時傳眞服務：(02) 25001990・(02) 25001991
服務時間：週一至週五09:30-12:00・13:30-17:00
郵撥帳號：19863813　戶名：書虫股份有限公司
讀者服務信箱 email：service@readingclub.com.tw
城邦讀書花園網址：www.cite.com.tw
香港發行所／城邦（香港）出版集團有限公司
地址：香港九龍土瓜灣土瓜灣道86號順聯工業大廈6樓A室
email：hkcite@biznetvigator.com
電話：(852)25086231　傳眞：(852) 25789337
馬新發行所／城邦（馬新）出版集團 Cité(M)Sdn. Bhd.
41, Jalan Radin Anum, Bandar Baru Sri Petaling,
57000 Kuala Lumpur, Malaysia.
電話：(603) 90563833　傳眞：(603) 90576622
email:services@cite.my

封面插畫／ALOKI
封面設計／Gincy
電腦排版／游淑萍
印　　刷／漾格科技股份有限公司
經 銷 商／聯合發行股份有限公司
電話：(02)2917-8022　傳眞：(02)2911-0053

■ 2021 年 11 月初版　　Printed in Taiwan
■ 2024 年 3 月初版 3 刷

定價 / 300元

ISBN　978-626-95177-1-8